骨が折れた日々

どくだみちゃんとふしばな 11

目次

2022年4月～5月

本文写真：著者
本文中の著者が写っている写真：井野愛実　田畑浩良
こえ占い　千恵子

2021年10月〜12月

イケメンと私

たったひとりで

◎今日のひとこと

これは私の読者の多くに共通する感覚だと思うのですが。

笑顔でいるのは、別に自分を奮い立たせたいからでもなく、防御でもなく、あえて明るくふるまっているのでもないのです。

暗く過ごす時間がもったいないから、切り替えただけ。それだけ。

かといって、いやな気持ちになっていないわけでも、傷ついていないわけでもないんです。もちろん強いわけでもない。割り切ってるだけなのです。

いち子さんのおせち

昔、アツアツのラブラブ期にみんなでする旅に参加したカップルがいて、こういうときはもう止められないよねえ、でもなんで来たんだろうね、と心から思いながらみんな笑顔で接していたのですが、姉がたったひとり、「こういう場に来たんだから、こういうときはちゃんとみんなでも過ごそうよ。それができないなら来ちゃだめ」とはっきり言っていて、おお、これは私にはない要素だし、えらいなと正直思いました。優しいな、と。

それは別として、アツアツ期なんて短いんだから、そういうときはとにかく団体旅行になど行かず、ふたりでいましょうね（笑）。

私はある意味とても冷たいので、それで本人たちがいいならいいんじゃない？　宴会には誘わないけど、くらいにしか思わなくて、ぎりぎりまでがまんしていやなことがあったらスパッと切る感じだから、ちゃんと怒ってあげる姉は関係性を継続することにとても真剣なんだな、と思ったのです。

成長して、「あのときはサカってました、ごめんなさい」と言える人になって関係が続くか、「お金払って参加してたのになんで怒られたのか」といつまでもしこりが残るか、それはだれにもわからないし、しかも前者の確率は超低いですからね。

結局決めるのは自分です。なにが自分の人生でしたいことで、どれが違うのか。なにははっきり言って、どこはゆるくできるのか。

どんなに嫌われても、鬼と言われても、さっぱりと決めて、前を向いて歩くのです。

そういう人の周りには、たとえば兄貴[*1]みた

幼なじみといつも遊んだ空地

いに、ちゃんとそれをわかってくれる人が集まってきます。お金に集まってきてるのではなく、兄貴の人生の、ひとりで決めてきた兄貴度数の高さに集まってきているのです。

◎どくだみちゃん

声

死んだ友だちのお母さんの声は、死んだ友だちに似ているわけではない。

お母さんはもう90過ぎていて、でもしっかりはっきりしゃべる。

いくら懐かしく思ってお供えしても、お祈りしてもねえ、あの子のことだからきっと、もうそのへんにはいないんじゃないかなって思うんですよ。

好きなところに行っちゃってるんじゃないかなあって。

自由に飛び回ってねえ、アラビアとかそっちのほうの空で楽しく暮らしてるんじゃないかなって。

だからお供えしても届かないかもね、と思うんですけどねえ。

そんなことないですよ、たまに帰ってきてますよ。

と私は言った。

きっとその会話くらいはのぞきに来てるんじゃないかな、と思った。

あの目が細くなる花のような笑い方の、情はなくても愛がある白い光の感じが、ふっとふたりの間をよぎったのだ。

不思議な枝の木

◎ふしばな

「ふしばな」は不思議ハンターばな子の略です。

毎日の中で不思議に思うことや心動くこと

を、捕まえては観察し、自分なりに考えていきます。

私が書いたら差しさわりがあることだって、私の分身が考えたことであれば問題はないはず。

村上龍先生にヤザキがいるように、私には「ばな子」がいる。

森博嗣先生に水柿助教授がいるように、私には「有限会社吉本ばなな事務所取締役ばな子」がいる。

村上春樹先生にふかえりがいるように、私には「ばなえり」がいる（これは嘘です）！

独自の道

世界中を旅し、暮らしてきたSさんに、「なんで同じ場所にしばらくいると、重くなってくるんだろ」みたいなことを言ったら、「人から出てくるモヤみたいなものが重いんじゃないかな」という答えが返ってきたことがあり、確かに、と思った。

人が人をしばる、それだけは良くも悪くも確かそうだ。

かわいい子どもたちがいる家にいっしょに遊びに行ったことがある。晩ごはんのお店を予約していたけれど、時計を見にくいくらい子どもたちが楽しそう。

そのとき、彼のタイマーが鳴って、「あ、もう行かなくちゃ。また来るね」とさっと時間を区切った。

すごいなと思って、以後取り入れてるくらい。

たとえば森博嗣先生。

森先生はよく「小説は仕事、全く楽しくない」とか「自分探しをしたことがない」みたいなことをおっしゃっていて、これはもしかしたら多少の照れのようなものが？　と思う人も多いと思うのだが、ガチなのである。

初めからとってもしたいことがあって（それは多分専門の研究と工作のふたつ）、研究の世界を極めるには途中、教授という学校経営の世界にかかわらなくてはいけない、それは困る、やめて工作とか工作関係の研究を独自に進めよう、と思われたわけで、そこにはブレも迷いもない。

生まれ育った名古屋をスパッと離れられたときにはびっくりしたが、したいことができる場所に移るというのはそういう人にとって当然のことで、人恋しいとかどこが懐かしいとか言ってる場合じゃないのも理解できる。

親御さんが生きているうちは名古屋にいて、そのあとは趣味を極められる土地に移動しよう、国をまたいでも全然かまわない、そういうことなのである。

先日取材で訪れた八丈島で、「好きな年代の車の整備や、好きなタイプの廃墟を蘇らせたい、それを思い切り極めたいから仕事を辞めて移住した」という人に会ったが、それはもう「夢」とかではなく、親がどうとか周りがどうとか、これまでの仕事がどうとかではなくて、彼にとって最初から人生の必然なのだ。

ブレがないということは、切り捨てることも多いということで、そこにためらいはなさそうだった。短い人生、実のところそれはとても良いことのように思える。

気づいたら整備しちゃってる、気づいたら廃墟や好きな年代の車を探している。この時間が長引くことこそが自分の人生だ、だからこれとこれをして、これには妥協せず、ここはちゃんと計算しよう、というのがふつうにできるということだから、夢というよりも現実そのものなのだ。

「匠 誠」の白子

私を含め、たいていの人がその中間あたりでなんとなくしのいでいるわけで、でもその「なんとなく」がこうじるといつのまにか他人のために生きることになる。

そのさじ加減だけはほんとうにキリッと気をつけていこうと、しみじみと感動した。

◎よしばな某月某日

八丈島でほんとうにひとりになったのは一瞬だった。

「民芸あき」の前の道を渡って、ひとりで宿に戻るとき。

でもそのとき、ただ道を渡っているだけで、風と光がいっぱいで、緑がすくすく育っていて、なんだかここはとてもいいところだと思った。

どこに行っても明日葉が生えていて、豊かな感じ。

望郷の念で狂いそうな流人《るにん》たちがいたんじゃないかとちょっとだけ心配していたけれど、そんなことはなくって、ここはいいところだなと思って助け合って暮らしていたご先祖さまが多かった気がする。

八丈島のきょん！　というこまわり君のギャグを小学校のとき、よく初恋の人がやっていた。まさかほんとうに八丈島のきょんに会う日が来るとは。

っていうか、ほんとうにいるとは。

千葉では山の中にいて、ギャー！　と鳴くという彼らは、そこでは高い声でちょっと鳴いただけだった。

あまりにびっくりすると、痛みを感じない。

骨折初日はそんな感じだった。

むちゃくちゃ腫れてきてやっと、もしかして、と思った。

痛くて熱が出てきたからだ。

病院選びをするべく口コミを見たら、「二度といかない」「ふだんこんなことを書くのは嫌いな私だが書かずにいられない、最低の病院」とか書いてあって、むちゃくちゃ萎える。痛いときにぞんざいにされると100倍響くから。

だから口コミがいいところにしたら大正解で、そこにいる全員が好きな顔の人たちだった。顔って大切。

とにかく笑顔が多く、優し過ぎず、てきぱ

きしている。

私が3日間大事に育てていたでっかい水泡も、「あらら、すごい大きさ。大事にしてるなら、とっときますか?」なんて言ってくれた。

ギプスって、石膏をかためて、痒くなって、みんなが寄せ書きする奴ですよね? って言ったら、「そりゃ俺が医者になった50年前にはすでになかったよ」と言われた。ガビーン。進化してる!

でも取って風呂に入っていいよ、と毎日取れるようにしてくれた。

いいなあ、いい先生っていいな。

うちの王様とスンギくんのCD

リアル

◎今日のひとこと

　子どものとき、子どもだけで少し家から遠くに行くと、心もとないような淋しいような不思議な気持ちになりました。

　中にはそれがくせになる強者もいたりして。

　本能ってそういうものなんだな、と思いました。体が自分の動く範囲を勝手に憶えている。

　ギプスをしていると、守られている反面、思うように関節が動かない不自由さを味わいます。

　手がフックになってる海賊の人たちとか、

石濱家のリビング

大変なんだろうなと想像します。

でもいつしか慣れる。

慣れたまま死んでいった、父や義理のお父さんのことをよく考えます。

でもきっと彼らはあきらめることはなくて、むりそうだけどから元気で治ると思っとく、でもなくて。

歩けるようになったらこうしよう、とほとんど最後までまじめに思っていたような気がします。


私の死んだ友だちは、「動けるようになったら、またたくさん仕事をするって決めたの。だからよろしくね」と死の10日前ににこにこして言っていました。

救急隊員に運ばれて部屋を出るとき「もうここには帰ってこれないんだろうな」と言っていたのにもかかわらず。

そんなまぜこぜの感じでいいんじゃないかな、と今は思っています。

楽観的なときは「1ヶ月もすれば歩けるし。楽勝」と思うし、悲観的なときは「また転ん

ソフトな争い

だらどうしよう」と思う。そんな感情の揺れといっしょに生きたり死んだりしていいんだなって。

◎どくだみちゃん

切りとる

このメルマガだって、いつまでやるかは、全くわからない。

飽きたらやめるとかではなく。

あるいは形が変わるかもしれない。

掲載する場所が変わるかもしれない。

だから今だけ。切りとって書いておきたい、瞬間を。

昨日でっかくなった子どもがソファーの横に、どすんと座ってきて、この服かっこいいと思わない？　とスマホを見せたとき、
ふたりとも10年前に戻った感じがした。

そういうことを。

そんな瞬間は自分が死ぬまでときどきふいに訪れるだろうことを。


Ｎｅｔｆｌｉｘで観た70年代の実話からできた殺人鬼の恐ろしいドラマ。

子どもが自由を求めて旅をした先で、薬物を盛られて、吐いて下してのたうちまわって焼き殺されたり海に捨てられたりしていた。

ヒッピーの命は軽かった、そんな時代。

親はどんな気持ちだっただろう、そう思う。

いつかまだひとりぐらしだった舞ちゃんが熱を出したとき、

お母さんである百合ちゃんが「看病して、ごはん作って。久しぶりに、ああ自分は親だったんだなって思い出したの」と言っていた。とても甘い言葉だった。いい匂いがする言葉。

石濱家のすごいベンガル料理たち

◎ふしばな

本音と建前

これを書いている今は緊急事態宣言が出る数日前で、私はいずれにしても骨折しているので整形外科と昼間の観劇とか仕事以外出かけないからいっしょだ。

いっしょだから気が楽ということは別になく、お見舞いでいただいたありがたい食物を食べつないで、なんとか暮らしている。

夜8時に店が閉まるとなったとき、7時には店がいつも満杯だった。8時過ぎたらコンビニとすき家は満杯だった。

このほうがずっと蔓延するのでは？　と誰もが思ったと思うんだけど。

あと、八丈島は東京都だから、店が8時に閉まるっていうのにもウケた。

でもなにかしら対策をしてそれぞれがガス抜きをしたという事実がだいじなのだろう。

その人たちを責めているのでは決してなくって、その事態の中で泣きながら「これまでの生活が戻ってくるのはいつなのだろう」と言っている人たちをよく見かけた。

そんなふうに思って人生を暮らせてきたなら、きっと幸せだったのだろうと思う。

「個人情報が管理されたり見られたって、私は気にならない。だってなにも悪いことしてないから」という人もたくさん見かけた。

それはそれで幸せな生き方だな、と思う。

自分の知人のまた知人くらいの距離なので、まだ身近にはせまっていない。

でも私の想像できる範囲の知り合いから体験談を聞くと、急に「世界のどこかではね、でも私には関係ない」とは言えなくなる。

思想的な問題で投獄されたり拷問されたりレイプされたり殺されたりしている人がいた。

昨日まで家族とふつうに暮らしていたのに、急にバラバラにさせられて強制労働の果てに殺された人がいた。

子どもが朝出て行って、デモに出て、二度と帰ってこなくて遺体もないという親たちもいた。

いつまでも仮設住宅に暮らすしかない人もまだまだいる。

昨日までの暮らしにいつ戻れるのかなんていう疑問さえ出せないままに。

人の苦しみを想像したことがないのに、自分のあれこれだけで悩む人生ってなにか違う気がして、「いつでもそうなりうる」と想像しておくことだけが、そのひどい目にあった人たちに対してできることだと思っている。

そうなったとき自分はどうするか、それをいやいやでも想像しておくことだけが大切だと思っている。

もし、自分の知り合いの知り合いくらいにそういう人がいたら、全てが急にリアルになる。その感覚にこそ意味がある。

私のTwitterでもっとも一般的に善良な人と、もっとも過激な発言と発想をしている人がもめはじめて、簡単にいうと「出歩くなんて人殺し」的な人と、「そんなこと言ってる奴はバカ」的な人だったんだけれど、ここでもめないでよ、と思うと同時に、この両方に読んでもらえてるなんてすごいな、と変なところで感動した。小説って、とっても広いものなんだなって。「私が」書いてるって思っちゃダメなんだな、とまで思った。

「自分がウィルスを持ってるかも、だから歩いたら危険」というのはもっとすごいウィルスの場合に適用されると私は思っている。すごいウィルスならまず自分が無症状ではないので、基本、ない設定だろう。

身近に高齢者や基礎疾患を持っている人がいたら、そこだけ気をつける。その人たちを連れ回したり、さんざん表に出たあとの状態で無防備に会わない。これだけ徹底していたら、かなり違うと思う。今はそのくらいの段階。

石濱家のかっこいい天井

◎よしばな某月某日

　飴屋さんの舞台では毎回必ず1回はほんとうに体を張る場面が出てくるのだが、「もう年齢も上がってきたしよしたら」とも「けがすると困るからどうかもうやめて」とも思わない。安全策をちゃんと取っているというのもあるけれど、それは作品に必須なものだということがひしひしとわかるからだ。

　杖をついて行った私に、飴屋さんの奥さんが「あれ？　思ったより」と言った。そう、けがしてるのは足だけで、心はいつも通りだから、弱ってないということなんだろうと思う。

　舞台の上の人たちは私以上にけがしていて、なんだかすみません！　と思った。

　別れぎわにハグした飴屋さんの髪の毛はまだ濡れていた。

　お客さんがはけるまで、冷たい汚い水の中でじっと待ってなくてはいけない舞台だった。そんなものを見せてもらえた感謝以外なにも感じない。やめとけとは思わない。必然ってそういうことなんだなあ。

行っている整形外科にはふたつの入り口があり、どっちからでも行ける。薬局に面しているほうも開いていた方が便利だからなのだろう。あと、駐輪場に近い口があるというのもだいじなのだろう。

しかし、その入り口がほんとうにもう、笑うしかないトラップ感。

段差、坂、狭さ、ドアの不安定な空き具合、棚の間をくぐって受付にアクセスする感じ。どれも整形外科という概念とむちゃくちゃ相反してる。なんだか、そこがいいなあと思うのだ。

待合室で「あ、小林さんだったの！　マスクしてるからわかんなかった。どうしたの？」と受付の人が笑顔になり、「そうだよ、俺だよ、転んで腰打ったの」と小林さんであろうおじさんが言い、「あら、そう。ちょっと待っててね～」と受付の人が言う。それがいい。混んでいるときはみんなもくもくと働き、空いているとちょっと無駄口をたたく、その加減が「わかってる」感じがする。

ピカピカのビルの中にあって、エレベーターのドアが開いたらもう待合室で、受付の人が木で鼻をくくったような冷たさで、いろんなコンプライアンスがあって自分が人間扱いされてないような、そんな雰囲気の無数にあるクリニックよりいいやって。

でもサイトを見ると「ひとりひとりに寄り添った治療を」と必ずどこの病院にも書いてある。なんかそういうサイト作りのフォーマットがあるんだろうな。

29　リアル

ぴちょんくん

不自由、不自然

骨折して、何日かは痛みで苦しんで、そのあとはギプスの不自由でいらいらして。

街は少しもバリアフリーではなく。ロイ○さえ駐車場から店までが長い階段だったりして。

◎今日のひとこと

それを改善しろという意味ではなく、街は元気な人たち用にできているから、また回復したりコロナが収まったらどんどん歩けばいいと思います。元気でない人は、目的地まで車やタクシーで行って、方法を考えるしかない。でも日本の公共施設の従業員たちはおおむねかなりまじめで親切だから、なんとかな

「kushiage 010」の特製カレー

ると思うし。

　でもいつか私にも、ほんとうに街を歩けなくなる日が来る。回復しなくなる日が来るんだな、としみじみ思ったんです。

　そのときに「もう充分動いた」と思える人生だといいな、と。

　ただし、動きすぎもよくありません。若い頃は、動きすぎました。それが若さだと言ったらそれまでですが、経験が命とばかりに突っ走り、生き急ぎ、周りにもたくさん迷惑をかけたと思います。

　お金をせびられない唯一の方法ってわかりますか？

　先にたくさん出してしまうことです。ほんとうに悲しいけれど、若い頃の私はそうやってなんとか生き延びました。

　ドッグトレーナーの人が、おそうじの人が、税理士さんが、友人が、知人が急に「〇〇万円貸してくれないかな」と言い出すときの自分の気持ち、今思っても息がつまる感じがします。

　折り入って話があると呼び出されて自分の時間を割いて、さらに借金の申し込みをされて、たいていの場合お断りして（10万円までなら貸しました）、お茶代や食事代をたいていは年下であるこちらがお支払いするのです。全くひどい話です。でも、若いのに稼いじゃうってそういうことなんです。

　そのことを吉川ひなのさん[*2]の本を読んでいて、しみじみ思い出しました。若くて、才能があって、まだまだ伸びていきたい、ただそれだけの人たちにたかる大人がどれだけ多いか。親さえも（うちも、父には全くそういうところがないが、母と姉にはそれぞれ思想は違えどそういうところがあった）信頼できない、それがどんなに若い人の心に傷を残すか。

家族と借金があり出版界も危ない今、私は人にお金を貸せる余裕がマジでないのですが！　そうなって初めて心が健全になった気がします。

昔の私は「宝くじに当たったから、みんなにおごるね〜！」と言っちゃうタイプでした。でも、今の私は言わないほうがいい、と思います。それが傷の大きさです。

今の年齢からの動きは、無茶をせず、かといって終活でもなく、子どもはなんとか自立したけれど、まだしばらくは見ていたいし、うんと離れるのは悲しい、夫ともここまできたらなるべく長くいっしょにいたいものだ、そんな年齢です。その年齢にしかできない動きをすること、それが人生でいちばん大事なことだと思っています。

いつかは止まる。そう思えていたら、動き方もお金の使い方もうんと慎重になる。でも慎重すぎると生命の流れも止まってしまうか

「こども本の森 中之島」で見つけた父の本

ら、実験のくりかえし。
　実験して、また実験して、書いて、そして
あるとき止まるのですが、止まる直前まで
「明日はこれをしよう、夏はこれをしよう」
って思えるような、そんな人生でありたいと
願います。

◎どくだみちゃん

浄化

　歩き回れないから、めだかに水をやるつい
でに少しだけ縁側っぽいところで日向ぼっこ
をする。
　水が流れる音、魚が泳ぐ美しい動きを眺め
る。
　陽の光にさらされて、ありんこたちの動き
を見る。
　小さい貝たちが、めだかの卵を食べてしま
う前に拾いだす。
　それでも貝たちは這いながら見つけたもの
をこつこつ食べている。
　全ての葉っぱの先に水滴が光る。
　そんな小さな世界にきゅっと入っていくと、
子どもの頃を思い出す。
　手元のミクロの世界はどこまでも広大だっ
た。
　やがて日光で体の表面が温まり、古びた自
分の皮膚が消毒されたような感じになる。
　光と水があれば、人間は生きていける。
　そんなことが実感される。
　実際にはビタミンDが作られるくらいの短
い間に、
　小さな宇宙をのぞいて世界の広大さを知る。

人がお金だコロナだ自粛だマスクだと騒いでいるときにも、

この生きものたちは命をかけた毎日を、この小さな宇宙の中でまるで大自然の中にいるかのように紡いでいる。

立ち止まらないと見えないそういう世界を、子どもたちがいつものぞきこめるように願う。

カエルの鳴き声がうるさいと近隣の人を訴えるような感覚が、違うっていうことを本能が知らせてくれる子どもが育つことを願う。

自然の中にしか教訓はない。

みんなが恐れているのはマイクロプラスチックそのものではないように思う。個人の削減は大切だけれど、もっと大きな規模で使われているプラスチックには届かない。

全てがそういうもので味気なく包まれた使い捨ての世界が、心の奥底で不安なのではないか。

昨日タクシーに乗り、雨の中細い道をくだっていったとき、

昔ならヒッピーと呼ばれたようなカラフルな服と髪のカップルが、

傘を上にあげて「チッ」という顔で運転手さんと私をにらんだ。

ライフスタイルと人格が合ってない。

そういうのを不自然という。

不自然にあふれる世界はいつか滅びる。

人の世界が滅びてもきっと、めだかは泳ぎ、虫たちと貝たちは這い回り、植物は茂るだろう。

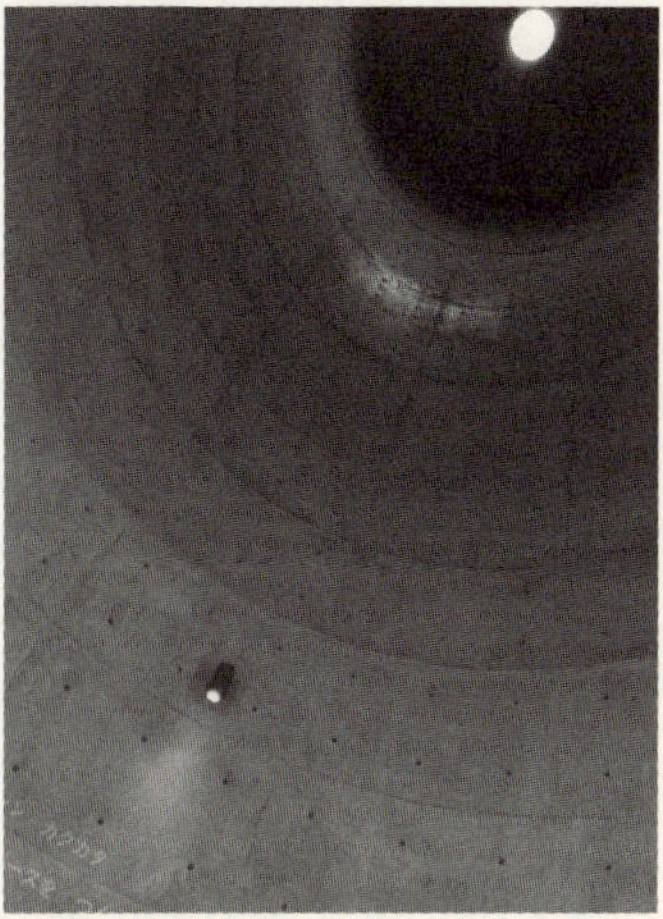

安藤忠雄さんのかべ

◎ふしばな

マスク

これを書いているのは4月。

マスク批判とかマスクはしません！　とか言ってるのでは決してなく（私は冬になったら用事もないのにマスクをしてた派だから）、飲食店で「食べるとき以外はマスクをしていてください」っていうの、ほんとうに意味ある？　といつも不思議に思う。

マスクなしの会話を控えてくださいというのは、まだなんとなく理解できる。

でも、してる↓ちょっと外して食べる↓またする、の効果のほどがどうしてもわからない。衛生面でも疑問が残る。

飲食店でアルコール飲料を出さない。それもよくわからない。

気が大きくなって大声で話したり、トイレで吐いたりするからっていうんだけれど、まず飲んでそんなふうになってしまうのが容認されていた社会自体にもかなり問題があるような。いっそ18時以降は出かけるな、全ての店を閉めろと言われた方がまだちょっと納得できる。電気を消せは全くわからない。それとウィルスのまん延は関係あるかなあ。人が誘われて出かけないように、みたいな意味?

　島しょ部も東京都だからその要請に従わなくちゃっていうのも、なんだか違うような気がする。

　ウィルス感染している無症状の人も人に感染させる、も、もう少しちゃんとした根拠を見せてもらわないと、とても信用できない。

　まあ、いずれにしてもものすごく短期間なら、耐えられなくはないことかもしれない。

　でもたとえば私が「書くな、その分のお金はあげるから」と言われても、きっと表には出さずに書きだめてしまう。

で、出せるようになったら一気に出すだろうし。

　お店の人にとっては、それが起きたということだから。

　それぞれがどこに落としどころを見つけるかをこの期間じっと見ていて、これからの人生の大きな指針を見つけようと思う。

土佐堀川

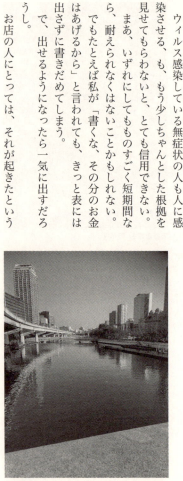

◎よしばな某月某日

今まで1回も子どもに家を出てほしいと思ったことがなかった。今もそう思っている。もう少し長くいっしょに暮らせたらいいな、と。

子どもがいなくなったら、夫と私なんてコロナが収まったら仕事で海外に行き始めるから、互いに犬と猫を世話するパートナーという関係にすぐなりそう。でもそれもなかなか自由で良さそう。たまに子どもが遊びにきたらますます楽しそう。

しかし、激痛の中足を引きずってなんとか歩いている親を目の前にして、息子は寝転んで無邪気にごはんが来るのを待っている。コップも片づけないし、洗濯ものもしまわない。痛みに耐えながら私がやる。

なるほど、世の男性はこうやって奥さんに家事を頼るアホになっていくのか。それは親が悪かったのだな、としみじみ思う。巨大な服、しかも扱いがややこしい真っ白とか一部透けてるとかそういうのを毎日バンバン洗濯に出してくる&バイト先の制服を明日までに洗っといてとか言ってる。

初めて思った。これがなくなったら、淋しいけど、楽だろうなあって。その自分にびっくりした。そんなことがよぎる日が来るなんて！

今はぎりぎりの年齢だから、全然許すけど。

こうやって親子は自然に、ほんとうに自然に離れていくんだなあ。

整形外科に行くとき、タクシーに乗る。いろんな運転手さんがいる。足を労《いたわ》ってぎりぎりまで目的地に近づいてくれる人、全くとんちゃくしないでバンと離れたところで扉を開ける人。俺はこのへんには詳しいから、ここからバックであっちの道に抜けちゃうね、と裏道を駆使する人。

これは、成績に差が出て当然だよな〜、と思う。

むしろチップ制にしてあげてもっと差をつけてほしいくらいだ。昔はまだ「おつりはいりません」ができたけど、今はアプリ決済だし。

でも、今チップがなくても楽しく働けたり道を知るのを好きな人たちは、結局人生の勝者なんだよな。

「kushiage 010」のミニバーガー

飽き

◎今日のひとこと

骨折と緊急事態のダブルパンチで家にいたので、Ｎｅｔｆｌｉｘで「クイーンズ・ギャンビット」を一気に観ました。

主役の女優さんは私の大好きなシャマランの映画によく出ている人で、演技がうまいので、そしてクオリティが高いドラマだったので夢中になって観たのですが、その中で、主人公の義理のお母さんが、やたらにサティを弾くんです。

そういえばこういう時代（１９６０年代）以前の音楽だったのか！　と衝撃を受けました。頭の中ではわかっていても、あの音楽に

きよみんの器たち

もっと新しい背景を描いていたのです。

ドビュッシーと同時代なんですものね。

私はサティの有名なアルバムを頭の中でほとんど空で再現できます。

というのも、当時バイトしていたとあるカフェ（バレバレだろう）で、サティの「ジムノペディ」と、ジョージ・ウィンストンのベストアルバム、その2枚だけがかけることを許されていた音楽だったからです。

6時間、そしていつも同じ音楽をくりかえし聴くと人がどうなるかわかりますか？ そのアルバムが大嫌いになるのです。その空間自体も嫌いになる勢いです。

オーナーさんもそのアシスタントさんも、若かったんだな、そこまで思いは至らなかったんだろうな、と今は思います。アシスタントさんはスタッフがいろいろ直訴するとすぐ激怒する人だったので、みんななにも言えませんでした。

サティのほうがよくできていてサラッとしているからよりいやで、ウィンストンはまだ盛り上がりがあるだけマシくらいな感じになっていました。

特にあの、「あこがれ／愛」っていう曲のサビなんて、確かに名曲なのに今でも聴くと吐きそうになります。あんなにバイト自体は楽しかったのに！ ウィンストンに恨みはないのに。

しかし、ほんとうに不思議なことに、30年経ったら、急にサティのすごさがわかってきたのです。私はクラシックは全くわからず、詳しくもなく、そして吐くほど聴いて大嫌いになったのに、これは偉大なものなんだなということが今になってほんとうに深くわかってきたのです。

ウィンストンに恨みはないけど（笑）、彼に関してはノーコメントです。今も聴けないから。

ただ、あのサビはやっぱりよくできてるなとは今でも思っています。

サティのほうは、才能がじわじわしみてきて、懐かしさではなく、やっとほんとうに理解させられた、そんなイメージなんです。時間はかかっても、出会いは悪くても必ず通じる。そんな理《ことわり》を知ってどこかすっきりしました。

「kushiage 010」のフレンチトースト

◎どくだみちゃん

飽き

これだけ毎日自炊していると、もうなにも

かもに飽きる。

　自分のレシピにも飽きるし、飽きてることにも飽きるし、味にも飽きる。


　そんなときにいちばん助けてくれたのは、季節だった。

　季節と天候、それだけが今日食べるものを方向づけてくれた。


　ほんとうはその日に食べるものと、その日に着るものは、その日にならないとわからない（これ、校正が入ったら『その日が3回あります。どれかトルでいかがでしょう』と言われるけど、わざとです）。

　こんな当たり前のことをすっかり忘れていた自分に驚いた。


　ミートソースだとか、オムレツだとか、季節関係ないじゃないですか？　と思っていた。トマトだって1年中あるし。

　でも違う。つけあわせが違う、熟れ方が違う、皿が違う。

たこ焼き

かといって「季節に関係ないものは食べません」という方向にはいかない。

ほんの少し舵を切るだけ。

風のあるほうに顔を向けるだけ。

◎ふしばな
若い才能

私は天才ではないし、生活のほうを優先するのは昔からで、ちっとも文学に人生を捧げていない。

だから、チェスの天才ベスの気持ちはほんとうにはわからない。

ただ、私も酒に逃げた。プレッシャーに負けて、恋愛にも逃げた。そこは同じだ。

周りは全員男の世界、若い女性はなめられ、襲われ、好かれたり突き放されたり、今のうちに才能をつぶしておこうというあらゆる試みにさらされ、お金をたかられる。

そしてどんな男性も嫉妬して去っていく。

そこも同じだ。

大きな才能は大きな欠落、だからこそ、男性は疲れ果ててしまうし、嫉妬するのである。

それでヒモ的な人と暮らしたり、ゲイ的な人たちと飲んで和んだり、いろんなことをしてごまかしてきたけれど、ゲイ的な人以外は、男性の部下は全員嫉妬で去った。面白いくらいに。女性の部下も半数くらいはそうだった。

男性は社会的成功に対して、女性は社会的優遇に対して嫉妬するのだった。

こちらはただ生きているだけなので、そんなことはわからないし、それどころではない。自己との向き合いという苦しみの中に常にいるので、親切にしてくれた人にはホイホイついていくし、そうでない人とは縁が切れる、ただそれだけだ。

そしてなんだかわからない大舞台がたまにあって、しかもそれが見知らぬ国でのことだったりすると、プレッシャーで爆発しそうになり、酒を飲んで失敗（はしたことがないので、ほんとうによくがんばったと思う）したりするのはよくわかる。

彼女の、愛や情がないわけではないけれどとんちんかんな痛々しさを自分の若き日に重ねた。


外国の満席のオペラ座で、人生経験もないのにひとりで20分間話を保たせなさい、なんて24歳くらいの人が言われても、なかなかできることではないような気がする。

ほんとうに、よく生き延びたしがんばったな、と我ながら思う。

最も信頼した人たちが急に「実は嫉妬してた」と去っていく瞬間も何回見たかわからない。

現代で、私程度でさえこうなんだから、あの年代のチェス界なんて想像を絶する。

なんだ、みんなそうなんだ、みんなこんなことにはふつう耐えられないし、発達障害だから、いろんなことがつらいのか。

そんなふうに気が楽になりつつ、生き延びた自分をうんとほめてあげたいと思った。

おじいさんになるといろんなことが微妙に楽になるので、それもありがたい。


そして若い才能がたとえばどんなにアホでもいばっていても（そんな人周りにはいないけど）、絶対に意地悪しないといつもながら心に誓っている。

お初天神の顔ハメパネル

◎よしばな某月某日

包帯をいくらきつく巻いても、ギプスがなんだかゆるい。おかしいなあ、と思ってはたと気づいた。

そうか、ちょっと前までこの中身はなんと腫れでぎゅうぎゅうに満たされていたんだ！

オエ〜！

赤坂でお店をやっているとださんからいきなり電話がかかってきて、足が動かないとたいへんでしょう。お弁当作って届けますよ、という。

なんてことでしょう。

いつもなら恐縮して断ってしまうけれど、あまりにもすばらしい優しい声だったから、喜んでお受けしてしまう。

ちょうどその日は来客があって、大人数分の調理が今できないから、なにか取るしかないかなと思ってた日だった。でもそれも味気ないから鉄板焼きでも、と餃子や肉を通販で買うも、GWがらみで間に合わなかったという。

渡りに船というか、ほんとうにタイミングがありがたい。

とださんのお店は半分個室だからか、やっぱりそういうタイミングなのか、私が大量の梅の下処理が間に合わなくて涙していたときも、いっちゃんのお母さんが亡くなりみんなでもらい泣きしていたときも、とださんはそっと見守ってくれた。

お店ってすばらしい、ありがたい。

そんなことを改めて思う。

もちろん家で部屋に寝転んで愛の告白やプロポーズや子どもができたとかいう人もいるでしょうけれど、お店ってそういうすごいことをする場所でもあるんだな、とか。

病気になった、死んだ、これが最後の外食だ、そういうことだってある。

いいお店たちがどうか生き残ってくれますように！

杖をついてて、スタスタ歩けないって言ってんのに、わざと遠くに止めて動かないタクシーの運転手さん。でもあわてないでゆっくり歩いて乗る。こんなことで転んだらバカを見る。

「反対側から乗らずにここから乗るとずいぶんと遠回りになっちゃいますけど、ご了承いただけますか」とか言ってる。意地悪い。だから歩けないから道を渡れないんだって言ってんのに。

家について「ここでけっこうです」と言っても、聞こえないふりして30メートルくらい先まで走っちゃう。すみません、たくさん歩けないのでバックしてもらえますか？　と言うと、1メートル下がって「はい！」と止まる。「もう少し下がってもらえますか？」と言うと、また1メートル下がって止まる。「あの電柱あたりまで」と言うと、何回もいやらしくブレーキをかけながら止まる。

こういう意地悪ってなんのためにあるんだろう？　本人はすっきりするってわけ？　コロナでうっぷんがたまってるから？　最後は一応笑顔で別れたけど、きっとモテないし気の毒な人生なんだろうな。

自分が弱者なこういうときって、一瞬殺意が走る。もちろん殺さないけど。

他人から一瞬浴びる殺意の影響力を知るがいい。死んだり病気になったりするほどじゃないだろうけど、運気は落ちるぞ〜！　って、人を呪わば穴二つ、すぐクリーニングして忘れちゃうけど、私のように一瞬うっかり殺意を走らせちゃうお客さんの人数が多そうだからやっぱり影響あるだろうな。それはもう因果応報の域。

逆にここでその一瞬を私が押し殺すと、そのエネルギーはもっと変な方向で思わぬ人に向かったりする。だから、素直にやっちゃってからクリーニングするのがいちばんいい。もちろんそんなこと頭でいちいち考えてないけど、あえて言葉にするなら。

そして日本は平和だからこそ、こんなこと言ってられるということをよくわかっていないと、私も。

海外で謎の場所で車から放り出されたことが何回もあるのを、もうこの際ぶじだっただけでいい、と思うあの感覚をもう忘れてしまった。海外に行けないから〜（涙）！

香港で高島さんと歩いている夢を見る。黒いワンピースを着た彼女の笑顔は信じられないくらい美しくて、ビルが立ち並ぶ香港の西日がよく似合う。

そうか、行けないんだ、と少し悲しくなる。

敏感な私はインフルの予防接種でものすごい副反応が出てたいへんなことになったので、今のところワクチンは打たない方向性。もう外国に行けないかもな、くらいに思っているが、たくさん行ったからとりあえずいいや。

きよみんの器たち2

優しさ

◎今日のひとこと

慣れってすごいなと思うんです。

生まれてからずっとギプスをしていたような気がしていますし、毎日包帯を洗って換えていたような気がしていますし。

歩けたからっていろんなところにむやみに立ち寄れない状況だというのもありますけれど、目的地までまっすぐタクシーで行って、あまり遠かったら諦めるというのは骨折していてもしていなくても変わらないし。

そしていかに体に頼って無茶していたかわかるのです。ベッドから降りるとき、車から降りるとき、暗い道を歩くとき、階段を上り

渡邉知樹さんの器

降りするとき。ほとんど上の空で動いていたことがよくわかります。

　これからは体とリアルタイムに生きるように心がけようと思うんだけれど、きっとまた慣れて上の空になってしまうんだろうなあ、とも思います。


　歳を取ったらどんどん落ちていく、それは違います。

　実際、今の私のほうが20代のときより体力は落ちているけれど、健康です。

　一歩一歩、理想の状態に近づきながら、たとえ死ぬ直前でも、少しでもいいほうに調整していこうという気持ちがあったらいいなと思います。もっと生きたいとかではなく、体をちゃんと使い果たして、でも余力はまだあるよというところに持っていってあげたいです。

◎どくだみちゃん好き

あまり誰も信じてくれないが、先代のフレンチブルのオハナちゃんは、

「オハナちゃん好きだよ」って言うと、

タイラミホコさんの器

「ブヒー」（好き）と返してくれた。

いつも同じ鳴き方だったから、完全に通じ合っていたと思う。

きっと意味も通じていた。

どうして人はそうはいかないんだろう。

ただただ忙しくていつも人になにかを要求されていて疑心暗鬼だった時代の私には、とてもむつかしいことだったと思う。

好きに好きを返すだけのことが。

朝起きて、何を飲もうと思う。

その日のお天気や気分や体調で、漢方を飲むか、白湯を飲むか、キンキンの水を飲むか、トマトジュースか、考える。

その時間がなかったときは、きっとどんな飲みものを飲もうと体は受けつけなかっただろう。

子どもの洗濯ものがどんどん増えていく。量も枚数も。

たいへんだけれど、ああ、これが限界になったら、他の人が洗ってくれるようになってしまうんだ、今だけなんだ、と切なく思うので、がんばれる。

そのときにしかできないことをそのときやっていたら、間違うことはない。

そのときの好きに好きを返していたら、いつも今にいられる。

ひどく人に怒られたとき、嫌われたとき、オハナちゃんの「好き」が聞こえてくると、立ち直る。

とても大きなものを残していってくれたあ

穴八幡のかっこいい狛犬

の子。

◎ふしばな

原マスミさん

原さんのライブには23歳くらいから頻繁に行っている。むしろ行ってないライブのほうが少ないのではないだろうか。たまに原さんが歌詞を忘れて大声で名前を呼ばれて「なんだっけ」と聞かれることがあるほどだ。

原さんの弾き語りがすごく好きなので、バンドライブはお祭りみたいな気持ちで通っていた。バンドにはバンドの明るい良さがあって、幸せになる。

コロナ禍で何回か延期になって人数制限をしてやっと行われたライブで、原さんはバンドメンバーひとりひとりをほんとうに優しい目で、愛おしそうに眺めていた。それがあまりにもすてきすぎて、涙が出た。

「2月のうた」という曲の中で、原さんは「人には優しくあろうということを今回人類は学んだ」というようなことを歌っていた。

そうだろうか、人類は今ほんとうにそうなっているだろうか？　と思ったけれど、その声を聞いていたら、そうだ、きっとそうなんだと思えてきた。音楽の力はとても優しい。そして人の心を変える。

帰りに蕎麦屋でノンアルビールを飲みながらミニ天丼を夫と陽子さんと食べていたら、お店に入っていること、骨折していてもこの人たちといたら無事に帰れること、原さんの歌の余韻、全てがとても幸せに思えて、ライブってすごいものだと改めて思った。

イタリア大使館にて

◎よしばな某月某日

骨折していてまさかこんなことができないなんて！　と思うことがいっぱいあってびっくりする。棚の上のほうのものを取る、ベッドの下を掃除する、大きめの額縁に絵を入れる、お酌する（うまく調整できなくてドバッといってしまう）、急に振り向く、などなど。

体ってほんとうに精密につながっていて、なににも関係ない部位なんてないんだと思い知る。盲腸だって最近は取らないほうがいいって言うし。

　ほんとうに料理を作ることに飽きた上に、骨折した最初の頃はデリバリーと弁当ばっかり食べていた。そうしたら完全にそれらに飽きた。やっぱり味が濃くて、甘すぎる。
なので今はお店屋さんごっこをしている。お店屋さんだと思えば、後片づけも皿の管理も食材の管理も全て耐えられる。

　メニューを組むのも、なけなしの食材をなんとか集めて出汁を取るのも、みんな楽しい。

　これに飽きたらもうあとはないという気もするが、すごく大切なことを学んでいるような気がする。

　料理が下手なのは知ってるけど、料理って、余計なことを考えたらできない。揚げるときは揚げる、冷めるのを恐れすぎて熱々で出そうとばかりすると盛りつけが汚くなる。考えない加減がすごく、生きる加減に似ている。

　だからレシピ本が大好きなのかも。

　激レアさんに大正時代の生活をしている人が出てきて、これはもしや、と思って陽子さんに「今激レアさんに出てる人って、陽子さんのお店（陽子さんとご主人が営む東京蛍堂[*3]、大正と昭和初期のものばかり置いてある）に来るんじゃない？」と聞いてみたら、「ああ、カヨさん、コロナ前はよくいらしてました〜」と返信が。

　やはり、やはり！

イタリア大使館の庭でティツィアーナさんと

骨折と体

◎今日のひとこと

信じられないくらい痛いけど、痛いっていってもまあ耐えられないほどではないから、骨折ではないだろう。

骨折したことがなかった私の、それが見立てでした。

実際は2箇所折れてました。それでギプスもせず、特殊な酵素浴（ちょっと違うメソッドで営まれている）まで行ってたんだから、驚きです。病院でも「この2日間はいったいどうしていたの？」と驚かれました。酵素浴に行ってましたと言うのはどう考えてもまずいから、やめときました。

タイラミホコさんのお皿に載ったタイラミホコさん作のキンパ

ギプスをしたら急に全身がゆるんで、そうか、固定したかったんだ、と思いました。

ふだんは決して固定したくなくて、メディ〇〇ットさんさえも秒殺で脱いでしまう私にとって、それはびっくりすることでした。

体が勝手に望んでいるんですから。

人が死ぬときを、切り花の水あげにたとえることが多いのですが、そしてそれは実際そうだと思っています。

花は、もうこれ以上水を吸えないという状態になると、急激に枯れて腐っていきます。

人も同じです。

でも、最後の最後まで、止まることはないんだ、その動きは、と思うようになりました。

生きようとする力が弱まっていくだけで、なくなることはない。死んでもしばらくは温かくて、爪やひげが伸びるのと同じで。

だから弱まって弱りきっているときでも、体のどこかは、生に一歩だけでも向かっている。それを信じるようになりました。それにすがりつくのではなく、その力を抱いたまま死ぬのが人間なんだ、と。

いつも上の空で行動している私は、これからはもう少しだけ自分の体に、時間に関して寄り添って生きなくてはね、と思いました。

歩いていても違うことを考えていたり、今日これからすることにだけ向かっていたり。ちゃんと今いっしょに歩いてよね、と体は思っていたのかもな、と思いました。

警告は、チャンスは何回もある。でも人はそれを無視してしまう。

今回のことで、自分の老後に対する構えが

よりはっきりしたなと思います。

　大切な事件でした。


　死んだ友だちが死ぬ数年前に手を骨折して、「体に悪かったなって思うから、いつも手に真剣に謝ってるの」と言っていた笑顔を思い出しました。もう少ししたら実家に帰って、姪っ子の夫婦と近くに暮らして、仕事はちょっとだけにするの、って。

　あれが大きなチャンスだったのにな、とも思いました。

　その後、彼女は実家に戻る話がどうにもうまくいかなくて、急激に仕事をしたくなくなり、病を得て、幼なじみの親友とも絶交して、死んでしまいました。

　もしも彼女が実家の近くに自費で小さな部屋を借りて暮らせる決心をつけられたら、あるいはまだ生きていたかもしれない、と切なく思うことがあります。

　東京と彼女の地元だったら家賃も違うから、同じくらいの広さの眺めのいい部屋を、もっと安く借りられたかもしれない。そのときの部屋の荷物をそっくりそのまま移せたら、ほとんど手間もかからない。そうしてほしかったな、と思います。

　余計なお世話だ、と彼女はきっと言うでしょうけれど。

　それだったらここにいたっておんなじじゃない、だからいいのよって。

　でも、そうしてほしかった、そうしたらまだ会えたかもしれないじゃない、と友だちの私は今も思っているのです。

「ロケッティーダ」にあるタイラミホコさんの器たち

◎どくだみちゃん

おじいちゃん

夫のお父さんは、死ぬ数日前くらいからもうほとんどこの世の中にいなかったな、と思う。

いっしょに92の誕生日の食卓を囲んでも、心はここになくてあちらにあったな、と。

それでも手を握ったら「あったかい」って目を合わせて言ってくれたときには、私の前に戻ってきてくれた。

家族が遊びに来たら、いっしょのテーブルに座る。

別れ際には握手をする。

それがたとえほとんど意識がなくてもお父さんの決めたことだったんだ、と思うと胸がいっぱいになる。

もう夫の実家はすっかり片づけられて、きれいにそうじされて、なにもなくなってしまったとわかってはいるけれど、たまに日曜日の朝、これからおじいちゃんの家に行くような気がするお天気の日がある。

私は車の中でうたた寝してしまい、佐野あたりで目が覚めて、西那須野で高速を降りて、おじいちゃんの家のそばの空き地に車を停めて（持ち主に許可を得てたけど、単なる空き地だった）、草の匂いがしていて、遠くの畑が日光できらきら光っていて。

おじいちゃんの家、おじいちゃんの匂い、おじいちゃんのぐっちゃぐちゃな部屋たち。

最後のほう、だんだんその生活が切なく崩壊していくまでは、それなりに楽しくやっていたあのやもめの天国に。

心はいつでも遊びに行く。おじいちゃんは笑って出てきて、息子のiPadを見て毎回「それは電話もできるの？」と聞く。

それがすごく幸せなことだったのを、そのときもちゃんと知って味わっていた。

タイラミホコさんのおいしーいボルシチ

より先に救急車に乗せなくちゃ、と思ってやめたのを覚えている。

テクノロジーになじんでいくことは、これからの時代、ある程度は必須なのだなと思わずにはいられなかった。


私のは単なる骨折で、内臓や心の病気に比べてわかりやすく歩けないので、杖を見るとみなさんがよけたり、とりあえず理解はしてくれる。ありがたい。わかりやすい。そして内科に比べて整形外科はやはりどこか明るいから救われる。


しかし、全く気づかない人もいる。携帯を見ながらぶつかってきたり、すれすれで自転車ですりぬけられたりすると、ドキドキした。

バリアフリーとか設備の話より、まず人のあり方のほうをなんとかしないといけないいん

◎ふしばな
こりゃ、滅びるかもな〜

死んだ友だちは、がんの転移で歩けなくなり（でも病院に行かなかった、すごい怖がりだし、すごい根性だ）、道で立ちつくしてしまったとき、雨が降ってきたという。

だれひとり声をかけてくれなかったし、手伝ってもくれなかった、いつからこの世はこんなになってしまったの？　と言っていた。

そんなときは電話で呼んでよ、と言いたかったけれど、彼女は携帯を持っていなかった。

携帯なんて持ったら、そこにどんなに連絡が来るかぞっとするって言って。

でも最後に倒れていたときに、「今すぐ携帯契約してきてくれない？」と言われたので、一瞬プリペイドの携帯を考えたけれど、それ

じゃないかな、と障がいのある人の気持ちになって切なく思った。

いちばんびっくりしたのは、某田園○○駅前の、長嶋さんが毎日通っていたという焼き鳥屋さんやスーパーがあるほうではない、縦の道であった。

駅前にタクシー待ちのお年寄りがあふれていたので、私は杖を持ちつつ少し移動して、その縦の道の少し奥まで歩いて、アプリでタクシーを呼んだ。ほんとうはお年寄りたちにも呼んであげたかったが、アプリは事前決済だから全員の分を払うことになってしまう。そこまでお金持ちじゃない。それに駅前タクシーは駅前専門のタクシーが近距離のお年寄りしか乗せないし、送っては必ず帰ってくるから、まあいいだろうとふんだ。

その縦の道にはベンチがあるので、荷物を置いて、立ってタクシーを待っていた。

すると、目の前の空間にいろんな人が買いもののために路駐をする。路駐自体は私は「ちょっとくらいならいいじゃない、世知辛くなったよな、タクシーの運ちゃんが駐車場のあるコンビニかファミレスでしかごはん食べれないもんな」と思っているくらいなので、個人的には全然かまわない。

問題はあのセレブな街の奥さまたちが、みんなベンツとかＢＭＷとかポルシェのでっかいやつとかに乗ってくるのだが、もれなく運転が下手で、縦列駐車ができないことだ。

ガードレールに寄せられなくて、びっくりするほど隙間を開けて、なんとか停めるのである。何回も何回も切り返して。

そういう車が何台も停まって道を思いっきり塞いでいて、車が走行するのにぎりぎりの狭さになっている。しかもぶつけたらすごくお金がかかりそうな車ばっかり。

たまにうまく停めている人を見ると拍手したいくらいの状態だった。

で、私は別に全く歩けないわけじゃないから、その車たちをよけて車道に降りて、遠くに停まったタクシーまで歩いていって乗ったのだが、運転手さんが「ほんとうは歩道に寄せてあげたかったけど、ごめんなさいね、車が停まりすぎてて近づけない。あんなに路上駐車禁止って書いてあるのにね」と言った。それだけでちょっと癒されて「すごいですよね、くまなく停めてて」と答えた。

明らかに杖を持ってタクシーあるいは迎えの車を待っている私の真ん前に車を停めたベンツの若いお母さんは、すっごく歩道から距離を取って道のど真ん中近くにてきとうに駐車して、後ろの席から子どもを出して、子どもの習い事の荷物を後ろから入念にチェックしながら出して、電話して、電話を取ったらしき教育関係の習い事の先生らしきおばさんが建物の中から出てきて、私をほとんど挟んでいるかっこうで「それではお願いします、これがこれに使うあれで、これは着替えで、これはこの子のこれまでのなんたらで」って説明して、よろしくお願いしますって言って子どもを渡して、見送って、車の中で待機しはじめたんだけれど、その間マジで1回も私と私の杖を見なかったのだった。

見てほしい、親切にしてほしい、よけてほしい、車を停めないでほしい、そこまではほんとうに全く思ってない。街の中ってある程度そういうワイルドなことが起きて当然なも

タイラミホコさんのお皿に載った、立花ミントンさんのおいしーいたこ焼き

のだから。

でも、その停め方、その不注意さ、生き方を見て育つって、いくら教育熱心にされても、子どもはこれからの人生大変なんじゃないかなと思わずにはいられなかった。

もし私が悪い人だったら、子どもの名前、車のナンバー、習い事の種類、終わる時間、全部がダダ漏れでヤバすぎる。

これは……ほんとうに日本は危ないかもな。ちゃんと見える人たちでしっかり連携していないと、ヤバいな、コロナがどうとか関係なく。

としみじみ実感した。

◎よしばな某月某日

神田の「サウナラボ」に行ったんだけれど、今はこういう状況なのでひと枠に6人しか入れない。でもそんなに広いわけではないので、6人でちょうどよかった。

ドライヤーはダイソンですぐ乾くけど2台、アイスサウナも1人用だから、そのくらいの人数だといい感じに譲りあえる。

私はいっちゃんといっしょだったのでかしましかったけれど、後の方たちはサウナーらしく単独、慣れた感じそしてサウナハットのかぶり方もプロっぽかった。そしてその6人が小さな4つのサウナを行ったり来たり休んだりちょっと並んで待ったりするわけだけれど、全員はだかで、さらに6人しかいないから、1時間半の間にだんだん、そのはだかの人たちの間にあうんの呼吸ができてきて、次はあなたがあっちにいくのか、だったら私はこっち、あ、あの人入ってるけど札を裏返してない、やっとくか、などなどが無言のうちに展開していくのだ。

さっきは滅びるかもとまで書いたけど、このあうんの感じって日本人のすごくいいところだ。海外だったら何回シュアとかゴーアへッドとかプリーズとかオッケーとかメイアイ？　と言っただろうかと思うと、奇跡だ。

森のサウナに入ったら、タオルをマントのように前にたらし、口から体全面がみんな覆われていて、その上サウナハットを被って顔を全部隠しているお姉さんが奥に静かに陣取っていて、「おお、森の神様がおる！」と言いそうになったが必死にこらえた。

フィンランドでサウナに行ったとき、これはやはりこの国のものなんだなあと思ったのは、凍ってる海にはしごで降りていって体を冷やすのがふつうだったり（死んじゃう！）、サウナから出てみんなが暖炉の前でがんがんビールを飲んではまたサウナに入っていたり（死んじゃう！）。

慣れ親しんでることのすごさを知ったのと、体の作りからして違いそうっていうことも感じたり、なんだかリラックスしてていいなと思ったり、いろんな気持ちになった。

まだ小さかった息子が、見知らぬお兄さん（20代）と言葉も通じないのに意気投合して、協力してどんどんサウナの石に水をかけて、中の全員に「もうやめて」と怒られたことも懐かしい。

タイラミホコさんと立花ミントンさんと、「ロケッティーダ」で

治癒

◎今日のひとこと

初めてのことだったので、骨折ってどう治っていくのか、いつまでなにができなくて、なにはできるのか、さっぱりわからなかったのです。慣れている捻挫とはちょっと違う感じ。

ギプスって取れたらどうなるの？　急に裸になったみたいでこのまま歩いていいの？とか。

なんでギプスを取ったのに私は足を引きずってるの？　痛いから？　怖いから？　とか。なんとなくネットで調べたりして。

でも、すごいんです。体が勝手に決めるん

下北沢某所の壁

ですよ。私の場合は骨折した足が。

今日はまだ足を高くあげて歩かない方がいい、とか、少しだけ足首を使って歩いてもここなら大丈夫、とか。この角度なら痛みが出ないという歩きかたも足が勝手に探ってくれます。


そうしたらそこから急に、体の他の部分との連携ができてきたんです。

こんなこと、フラを踊ってるときにもなかったのに。いつも脳の命令がなんかうまく体に伝わってない感があったというか。

だいじにしている服とか、犬とか猫とかと同じ感じで、体は自分の魂から少し離れているけれど愛おしいなにかになって、一丸となって治そうとしているのがわかる醍醐味は、内臓の疾患ではなかなか感じられないものでした。

外科っていいな！　みたいな気持ちにさえなってきました。


雨の日は傘と杖の両立がかなりむつかしくて、出かける前に怖気《おじけ》づく。また転ぶんじゃ、同じところを痛めたらどうしよう、それは全ての骨折人の思いであろう。

でも、いざ出かけてしまうと、体全体が補い合ってなんとかしてくれるのです。

このこと、あまりよく知らないで人生を半分も生きてきちゃったかもしれないけれど、きっといつも無言で体はなんとかしてきたんだな、と思いました。

あとは内臓ともちゃんとしゃべれるようになったら、いい人生で終えられそうです。

今までのところは、胃「もう満腹です！」

オレ「うるせえ、今は詰め込むんだ、あとで休ませてやるからよ！」って感じで、申し訳なかったです。

冬の花たち

◎どくだみちゃん
治るとき

治るときは薄紙を剝がすように少しずつで、でもある日急に、一気に線を越える感じで治る。

そのとき、世界の色彩と勢いが自分に向かってぐわ〜っと迫ってくる。

それを受け入れて楽しいとか美しいと思えるかどうかが、大切な基準だ。

その基準を見失うと、自分が健康なのか病気なのか、少しずつわからなくなっていく。

それは生命力を失っているということで、恐ろしいことだ。

生命体として致命的なことだ。

たとえばマスクをちょっと取って深呼吸をしていたら、誰かに見つかってうわさになる。上司やマスコミや同級生に怒られたり、いじめられたりする。

それは私だってもちろんいやだし面倒くさい。

でも、「そういうときってあるよね」とか「ふだん気をつけてるの知ってるから別に」という人が必ず周りに密かにそしてしっかりいるから、深呼吸自体が悪いことだとは思わなくてすむ。

今回はしくじったな、今度は山の上でやろうっと。そのためにはサボって山に行かなくちゃ、午前中から。とりあえず時よ流れろ！くらいですむ。

そんなにしてでも守るべきことを、簡単に

「末ぜん」の定食

失ってはいけない。
命の発する声は、命綱だから。

◎ふしばな

連携

連携が急にできるようになったのは、温熱療法で血糖値が下がってきて、糖尿ギリギリだったのが楽になってきたからだと思う。ダルさがなくなると頭がはっきりするから。

まだ脂分の取り方にはおかしいところがあるので、少しずつ調整していきたいが、それも体に習っていかなくてはと思い、むりのないようにしている。

まず、丼ものは別として、普通におかずがいろいろある晩ごはんを食べているのに、ごはんのおかわりがしたくなる、そのこと自体がなにかがおかしいことになっていると思っていいと思う。それは単なる習慣か、糖尿予備軍で汗や尿から体から必要な栄養素が抜けてしまっているんだと思う。

寝不足で忙しくてごはんだけはしっかり食べていた時期、子どもが乳離れをして乳に送っていたエネルギーが体にたまりはじめた時期がいちばんヤバかった。いつもぎりぎりの数値を叩き出し、時には境界型と呼ばれた。今もそうなのかもしれないが、ダルくないだけで違うと思う。

これまでどれだけダルかったのになんとかごまかしてきたかと思うと、恐ろしい。

たくさん飲み多尿で、さらにたくさん食べてなんとか効率悪く保っていたのだとは思うが、体にしてみたら捌くものが多すぎて大迷惑だ。気をつけたいが、じわじわと悪循環になっていくのが病というものだ。


年齢がうまく均《なら》してくれたのか、今はもうごはん1杯が食べきれないほどだ。

店のランチとか多すぎてたいてい残す。

前は揚げてあればなんでもごきげんに食べたのに、今は時間のたった揚げ物や厚い衣を体が受けつけない。

そうか、こんな感じでよかったのかと不思議に思う。

どんな療法や運動が合うのかだけは人それぞれなので、なんとも言えない。

しかし、良い状態を知って、目を覚ますこと、それが肝心だと思う。

特に何かを極端に抜いたり、ヴィーガンになったりしなくても、目を覚ますことはできる。

姉が大腸がんになったとき、それでも作るのは好きだったのでたまに姉がごちそうをふ

「マジックスパイス」のラッシー

るまってくれたが、姉の作る味の中からいちばん大事な力が抜けているのでびっくりしたことがあった。

健康ならおいしい、おいしかったら貪るように食べない、栄養が足りていたらたくさん食べない。

単にそれだけのことを実現するのが、誰にとってもむつかしいのが現代なんだなあと思う。

◎よしばな某月某日

たとえば新宿高島屋に入るときの1段の段差とか、上り坂の微妙な凸凹とか、街ってこんなにも危険でいっぱいなのかとびっくりする。みんな骨折しないで歩いてるなんて（したけど）奇跡だ！　とさえ。

年齢的にもう高い（値段がではない）サンダルとか、ヒールの靴とか履く気はないけれど、段差とか駅の階段とか、気をつけていこうと引き締まる思いだ。

「MIYATAYA」のお姉さんのとても優しい、控えめな気遣いの声「お荷物よかったら置かれてください」「お気をつけて！」を大切に抱いて歩く。

杖でノースリーブの私に若者たちが「やっぱ、ノースリーブだよな、もう」「それしかないよな」と遠巻きに優しく噂をしてくれる。ほんとうはさっと避けて私に道を譲りたかったけど、できなかったのを後悔して、照れながら。

それから横断歩道で時間がかかるので、しょうもない黒塗りヴァンの若者たちが「ちっ、めんどうくせえな」「轢《ひ》いちまえ」とやじってくる。私は治るけど、治らない人だったらものすごく腹が立つだろう。でもフルフォード博士のおっしゃるとおり、そんな言葉を発したことは、たとえ彼らに良心なんてひとかけらもなくても、法則として彼らの潜在意識を害する。長い時間をかけて、なにか良くないことをもたらす。決して呪いではない、因果応報だ。

杖をついてチンタラ歩いていると、人々がそしてかつての自分がどれだけ急いでいるかがよくわかる。そんなに急いでどこへ行く的な。

そして、ゆっくりと横切る私に見知らぬ犬がものすごい勢いで関心を示してくることが多くなる。立ち話をしているおばさまたちの犬がぐいぐいやってくる。どうしたのかしら？　わんちゃん飼ってらっしゃる？　と聞かれて、はい、だからですね！　と答える。もしかしたら速さの問題かも、と思う。

猫がゆっくり歩いてくる。知っている猫なので、「久しぶり、元気だった？」と声をかけたら、「にゃにゃにゃーん、にゃんにゃん、にゃんごろにゃん」と返事が返ってくる。こんなに会話が成り立つなんて！

私の住んでいる地区は尋常ならざるザーマス区域で、近所の人たちとはやることなすことみんな合わない。向かいにいる編集者一家と数軒先の子だくさんな家とななめ向かいのきれいなセレブ一家以外とは生活の全てが違いすぎるので、特殊枠としてなんとか許されている。引っ越さなくちゃいけないほどもめないのが、そしておっとりしていて好意とか礼儀がしっかり伝わるのがさすがのザーマス族なので、なんとかギリギリひっそり存在していたい。

前に住んでいた「若夫婦ばっかり地域」の気楽さをたまに懐かしく思う。となりのおばあさまがまるっきりキャミ1枚で洗濯ものを干してたり、風でゴミ箱が向いの家と行ったり来たりして、互いに戻し合い、支え合ったり。

今はもっと昭和の奥様文化の中にいるので、風俗が違い毎回びっくりする。こうなるともう人間として成り立っていないほうが楽、犬とか猫として暮らしていきたい。

山もりのいちご

理由と余裕

◎今日のひとこと

犬とか猫をよく見る時間ができて（昔はただ同居していただけだった、悪いことをした）、心底わかってきたことがあります。

それは、犬や猫は決して理由のない行動をしないということです。

たとえばいつになく木や草をかじっていたら、それは歯が痒いかなにか異物が挟まったか胃が悪いか力が有り余っているかで、それぞれ解決法があったり、それが解決法そのものだったり。

散歩の足が重い場合は、いつもの道でいつもと違う工事をしていたり。

アルファ ロメオのお仕事をしていただいた小皿たち

いっしょに寝てくれない場合は虫を追いかけていたり。

ということは、きっと人間も、とても複雑になってしまってはいるが、理由のない行動はしないはずではないかと思うのです。

なんとなくこの道を今日は通りたくないとか、あの人を見ると気持ちが沈むとかいうのも、深いところでは理由があるのです。

その理由を自分が大事にしてあげていたら、いちばんいいのですが、人って動物よりも潜在意識への落とし込み方が入り組んでいるから、むしろ「理由は必ずある」と心から信じて白紙にしてあげるほうが（ホ・オポノポノもつきつめればそういうことかもしれない）、自分に対して誠実かもしれません。

私の小説は人々の潜在意識に読ませるために書いているので、なんで自分が癒されたのかわからないまま癒されてくださる人が多いのですが、私は理由をちゃんと知っています。言葉の組み合わせとか、風景の裏に潜むものとかを、かなり抽象的に厳密に選んでいるからです。５ページ前のこの言葉が今生きてくるみたいな連なりも意識しています。

だから何回も書いたけれど、私はほんとうに、人を死に追い込む文章を書くことができると思います。なんでしないのかというと、武道の有段者が素人と道で戦わないというのと、ほんとうに同じです。大きな力には責任があって、それは良きことに使うように、人間って本来はできているのだと思います。性善説とかではなくて、人類が存続しなくなると困るからです。人類なんて滅びちまえ！と思っている人でも、身近な好きな人がいなくなると思うと怖いはず。そういうふうにできているということは信じています。

某宿で見たかわいい奴

◎どくだみちゃん

芍薬

芍薬が、枯れるところまで、その花びらがティッシュみたいにくしゃくしゃに乾いて、ばらばらになって落ちて小さくなるまで、捨てられない。

毎日水を換えて、水切りをして、でも栄養剤は入れない。猫がいて水を飲んだら困るし、枯れかけたものに栄養を入れるって、人間に置き換えたら胃ろうみたいな感じで、できることなら避けたいなと思うから。

1週間だけのおつきあい、いちばんいいところを見せてもらう、切り花って切ない。

いちいちそんなに深く関わって心を砕いていたら疲れるよ、といろんな人に言われるけれど、治らない。

でも愛をこめているから、ちゃんと長持ちする。

庭の木なんて、あっという間に森みたいに大きくなった。

余裕を持って扱ったものは、花でも芋でも石でも動物でも人でも、みんな優しい顔になる。

お互いに感謝を感じるような表情を浮かべあうようになる。

相手が余裕のある優しい顔をしているときは、たいてい自分もそうでいられているとき。

そんな余裕を、周りに空間の広がりを感じることを得ること以外に、毎日の中で大事なことはなにもないことが、残り時間が少なく

タムくんが描いた私と息子

なってくるとほんとうにわかってくる。

◎ふしばな

強引な人

私はよく強引な人と思われるが、それは違う。めんどうくさいから話を早く終わらせたいだけだ。

この世にはたくさんの「聞いてください星人」がいて、時間をたくさんたくさん持っていくのに特に感謝もしてくれない。もちろん「ありがとう」とは言ってくれるが、ニュアンスは召使いに「下がって良い」と言うのとほとんど変わらない。

ほんとうに悩んでいたり、ほんとうに問題を解決したいと思う「聞いてください星人」はいない。なんとなく自分のことを話して時間をつぶしたいだけなのだ。しかも著名な人が聞いてくれる、こんな時間を持つことができるのは私が特別だから、そんな気持ちになってるだけだ。

だから「へえ！　じゃあこうしたら！　絶対こうした方がいいよ！」と言って、終わらない話を終わらせようとしてるだけで（終わらないけど）、決して内面が強引なのではない。

強引な人というのは、イメージ的にはたかのてるこちゃんみたいな人（まあ確かにある意味強引だけど）なんだろうけれど、全然違う。もっと人から好かれる感じの人で、目から力を入れてきて圧をかけてきて、自分の思い通りにその人を変えようとする人のことだ。

これまた割と多い。

他の人の人生に介入して、いったいなにかいいことがあるのだろうか。

私が最近した強引なことは「事故物件？　やっぱり長くはいないほうがいいんじゃない？」とかなり強めにアドバイスしたくらいで、「それでもどうしても住みたいんです」ともし言われたら、しかたないなあ、それもこの人の人生の一部が表現されたものだしな、と思うだけだろうと思う。そして見守って、縁があれば励まして。そのくらいでいいのではないだろうか。だって人はそれぞれの生き方を描いているんだし、不備だってその人の一部だろうし。

だから「この曜日にこの神社に行け」とか言われると、私の人生になにが欠けているわけでもないのに、なぜ？　とつい思ってしまう。それで変えられるものなんて変えなくていいような気がするから。

でもレーネンさんに「あなたはすぐ治ろうとしてすごくはりきってリハビリするだろうけれど、今は慎重に！」などと言われるとすごく素直に「はい」と思う。その違いがどういうものなのか、厳密にはわからない。感じとしか言いようがない。

言うことを聞かないともっと面倒なことになりそうだな、まあいいか、今時間があるし、人に会いたいし、嫌いでもないし、と思って、たまにそういう強引な人とごはんなど食べる。するとものすごい目力でずっと存在しているから、ごはんがまずくなる。

そして必ずなにか提案してくる。双方にとっていいという感じの提案で、お金がからんでいたりいなかったりするが、最終的にその人のほうがちょっと得をするような案件である。

人生って、自分のほうがちょっと多めにやってこそなんとか回っていくものだ。自分が言い出したんだから、ちょっと多めに取る、それは違うと思う。一見いいようだが、長い目で見たらマイナスになる。そんな簡単なことがなぜわからない。これは哲学でもなんでもなく、ちょっと多めに取る人の周りからは、だんだん人がいなくなる。

前にそういう強引な人から食事に誘われ、ちょうどピンポイントで1時間空いていたので(こう見えても私は忙しい)、いいよ、と合流した。最初の30分は勧誘で、次の30分は「著名人とサシで食事した私」という写真を撮るのと、共通の知人の話をした。

共通の知人には最近恋人ができたという話を私がし始めた。ほとんど婚約者レベルのおつきあいだと思うが、一応隠している。不倫でもなんでもなく、ただ、周りがうるさいから静かにつきあっているだけだ。

「彼女はきれいになったよね、どういう形でやっていくのかな? 結婚はしないかもしれないね」と私が言ったら、その人が急に「えっ、あの人たち、つきあってるんですか、うそでしょう」と言って、全身から目に見えるほどのどす黒い空気がにじみでてきた(イメージとしては『地獄が呼んでいる』というドラマのどこからともなくやってくるゴリラみたいなやつの周りに黒い霧が漂ってるみたいな感じ)。こわ〜、と私は思った。あの男の人をひそかに狙ってたのか。

この人とごはんを食べることは一生ないだ

「No.18」のハンバーガー

ろうと直感もした。だってごはんがまずくなる。作った人に申し訳ない。

結論としては、ごはんがまずくなるつきあいはよくない、ということにつきてしまった。食いしん坊だから仕方ない。その基準で行こう。

◎よしばな某月某日

朝起きてトイレに行って帰ってきたら、猫と夫がぐうぐう寝ていた。夫のほうはわかる、人間だから。でも、夫が抱っこした形のまま、手を乗せられたまま、猫が仰向けでぐうぐう寝ている。人が出入りしても全く気づかないで爆睡している。こんな猫初めて見た。リラックスを超えてちょっと心配。

精製水、キャップを片手で開けられますという瓶を人の家で見て、ほう！　と思って見てみたら、キャップはとっくに切り取られていて押せば穴から水が出てくるようになっていた。せっかちなその人はキャップを開ける手間さえまどろっこしかったんだろうな、と思って笑ってしまった。

きっかけはマグちゃん問題（マグちゃんではそんなに洗えないと国が言った）で、いや、やっぱりそこそこ意味はあるだろうと思ったところがスタートだったのに、つい熱心に調べすぎて、洗濯ブラザーズ[*4]の本を買った。うすうす思っていたことがみんな書いてあった。うすうす思っていたのは「ドライクリーニングってもう古いんじゃ」っていうことだった。今の日本（っていうか私の家だけかな）には石油系でないと洗えない素材がほとんどない。でも全部ていねいに気をつけて洗っていたらかなりの手間になるので、つい出しちゃったりもするんだけれど。

脱水を短くして、伸ばして干したらアイロンはいらないっていうのが、いちばんショックだった。

スチームアイロンしかない我が家、しわしわの服にそれを当てて、まだ微妙にじめじめしているうちにしかたなく着て出かけるというずぼらな私にもそれならできるだろうか。

次にショックだったのは、日本では二層式が最強っていうことで、これはうすうす思っていたことだった。水の中で洗濯ものが回ってるところが見たいな、と。

次はそうしよう。しかし私の家の洗濯機は

犬猫がいるから汚れものが多く、大型でさらにアメリカ製でなかなか壊れない。それもまたありがたいことだから、とりあえず今はこの洗濯機ががんばってくれるかぎり、できることをしよう。

葉山の私の家にあって、今はもうバリに行っちゃった健ちゃんがしばし下宿して愛用してくれていた質実剛健の洗濯機だし。

バナナ犬と犬

一致

◎今日のひとこと

見た目と内面のギャップの話を考えると、いつも竹花いち子さん[*5]が浮かびます。

世間的にはサバサバ系の姉御と思われているだろうし、実際そういう面もあるんだけれど、作るお料理もご本人もおうちも書いていた詞も、よく見ると大人のセクシーさに満ち満ちているのです。つやつやして甘い夜のイメージ。

いっしょにしばらくいると、突然わかるのです。ああ、この人の内面と外観にはなんのギャップもなかった、と。

それはとても幸せな瞬間です。

梅見をした後においなりさんを食べたら気分に合ってた

石田ゆり子さんは、あれほどすばらしい演技をする女優さんで、しかも40すぎて急に全てが正直に花開いた（むかしは単にきれいでセクシーな感じの人という感じだった）感じで、[*6]「マチネの終わりに」で、犯罪に手を染めたと言っても過言ではない恋敵と一対一でしゃべるときの演技なんてもう、だれもが惚れてまうやろ、というスリルに満ちたすばらしさでした。その後の涙も迫真の演技で、ただただ魅せられました。

ある時期から急に、ゆり子さんと女優という仕事が「あ、僕らこうなんだ！」と手を繋いだイメージがあります。

そんなゆり子さんがあんなに[*7]たくさんの猫と犬と暮らしているなんて、すごいことだと思います。ある意味ギャップを感じる。みんなおしっこやウンコをするし、爪をといだり暴れたり具合悪くなったり、いろんなことが起きるって、多頭飼い（って言葉もあまり好きじゃないけど便宜上）をしたことがあれば、実感を持ってわかります。あの繊細な服や美しい仕草とその日常のイメージはかけはなれているように思えるのですが、お会いしてみると、ああ、この人はこの小さな手でたくさんの命を受け止めてきたんだ、ということがわかります。動きや、目配りの仕方や、受け入れ方で。

そのことがみんな演技に入っているんだ、と。

だから人はやっぱり見た目通りなんだと、最近ますます思うようになりました。

こちらが最初にこれまでのいろんな記憶のメガネをかけているから、その人がそのままに見えないのです。

なるべくメガネを外して、ありのままのその人を見たいと思っています。

梅

◎どくだみちゃん　またひとり

大好きだった100歳近いおじいさんがまたひとりあちらの世界に行ってしまった。

信じられないくらいおいしいコーヒーをいれてくれる人だった。

しかも毎回4杯分くらいいれてくれて、ひとりでみんな飲まないと拗ねるので帰りはいつもおなかがガボガボだった。

最後に会ったとき、「これが最後なんだから、もうちょっとゆっくりしてってよ」と言われたから、ゆっくりお茶を飲んで握手してハグして別れた。

「あなたは写真写りが悪いね！　ほんもののほうがずっといいよ」って私に言ってくれる最後の異性だったかもしれない。

地上は淋しくなる。

天国はにぎやかになる。

義理のお父さんはいつも言っていた。どこのなになにさんは、去年まで定期的に会ってたんだけど、もう施設に入っちゃってねえ。なになにさんは急に亡くなったし。もうなんとかの会もみんな死んじゃって解散しちゃったし。長く生きるっていうのも淋しいものですなあ。

いつか私も「あっちのほうがお仲間が多いから、そろそろいくか」って思うようになるんだろう。

でも、残された通りすがりの私なんかがこんなにも淋しい気持ちになるなら、なるべくねばって、できるだけ最後まではっきりした頭で、そのおじいさんみたいに最後の夜はごきげんに娘さんの作った夕食を食べて、お酒も飲んで、翌朝急に倒れて、あれ？　いなくなっちゃった、ってみんながびっくりするような死に方ができたらいいなと思う。

チューリップ

◎ふしばな

対面

なかなか対面がかなわない時代になってはいるが、対面のインパクトってほんとうにすごいものだと思う。

なにかできごとがあってこの文章を書いているのではもちろんなく、対面がかなわないからこそ、これまでをふりかえる時間ができたということだ。

でも、対面を重視しても意味のないジャンルってある。

「数学できないけど、小説を書くって数式を解くのに果てしなく似てると思う。こっちで少しこれを描いたら、数ページ後に影響がきっちり同じ分出てくるその厳密さが」などとインタビューで言うと、もっと思うがままに書いているのかと思ってました、と必ず言われる。もっとふんわりしている人かと思っていました、と。

もちろん日常生活において自分以上にふんわり（というよりはむしろざっくり）している人はいないのではないかと思うくらいなにもできない私だが、仕事までそうだったらすごいと思うので、この世の人は思った以上にファンタジーを信じているなと思う。

手術直後に急に戦いに出て勝ったり、めくるめく妄想が原稿用紙の上に１０００枚分くらい流れ出てきたり、うおりゃあと力んで投げたボールがものすごく速かったり、飛行機の上につかまって着陸までしのいだりできたらどんなにいいだろうと思うから人はそういう創作をするわけで、実際は逆だ。

力みなく、ものすごく地道なものなのだ。

まあ、1000枚流れ出てくることはあるかもしれないけれど、そのあとの校正が大変だし大切！　っていうのが真実だ。

だから地道を制すものは人生を制すという決まりがあり、その型のバリエーション……ここは勢いで、ここはなまけて、などそれぞれのポイントと向き不向きで対応する……があるだけなのだ。「暮らしのおへそ」[*8]などをまとめて10冊くらい読むとそのことがよくわかります。

私なんて下町の世界にいたら超デリケートすぎておとなしいほうなんだけれど、うっかり夕方に届けものをしたらごはんを食べていけと言われるばかりか風呂まで呼ばれてしまうような、あまりにも厳しい世界で下町英才教育を受けてしまったので、たとえば初対面にはものすごく強かったり、どんな状況でもだれとでも世間話ができたりする。

一般社会に出て少しでも同じようにふるまうと「はっきりした人」「言葉がきつい人」「強引にずけずけ来る人」というレッテルを貼られる。ところでレッテルって言葉、懐かしいな！

よくライブ後に楽屋をたずねると、同じく楽屋にやってきた有名なカルト的なミュージシャンなどの後ろに、ひっそりとそのときの彼女なり奥さんがいたりする。ここまで業界が長いと、私には全く知らない人はほとんどいない。少なくとも全ての人が一度くらい会った人か、知ってる人の仲良い人、みたいな状態にある。

私は演奏した人にふつうに挨拶し、よかっ

た点をほめたり、感想を伝えたりして、その場にいて演奏した人を囲んでいるカルト的な人にも会釈したり、奥さんにも微笑みかけたりする。

するとその奥さんみたいな人の顔には必ずこう書いてある。なにこのおばさん、厚かましくて強引で面倒くさい、私の夫なり彼氏がどんなにカリスマか知ってるのかしら。話しかけられてもあまり答えられないような繊細さこそが私たちの持ち味なのよ。

「学校で、挨拶されたら元気よく挨拶するって習わなかったスか?」などともちろん言わないけれど、内心思っている。

ほんとうに病的に内気な人っているから、それは全然いいし全く別。

でも、そういうときにそういう人が私を見る目って、完全に「きっと業界を知らない素人だ、多分演者の親戚だね」って感じで、そこでひとたび演奏した人が「これは小説家の吉本ばななさん」などと言おうものなら、180度態度が変わる。そんなにまで変わってしまうような人間観察っていったいなんなんだ。

そしてそういう人たちの感想は必ず「あの明るくて下町のおばさん的な態度は、繊細な内面を守る照れ隠しなのね!」というところに落ち着く。そんなにはずれてはいないけれど、ある種の真実を含んでいるとは思うけれど、違うんだなあ。

私はなにをブログに書いて誰を登場させるか、子どもの顔は出してもいいのかだめなのか、通行人をボカすのはどの程度なのか、などなどにものすごく気を遣っている。例えば占い関係の人の仕事がものすごくたてこんでいるようならあえてブログなどに出てきても職業を書かなかったり、小さいお店だったら混むと悪いから実名を出さなかったりする。それでもトラブルはついてまわるので、高い確率でその日にあった人から後で「今日話したことはブログに書かないで」と言われる。

例えば見聞きしている、愛人の子どもを別の愛人に育てさせてる人の話とか、弟に両親の世話を押しつけて国から来る介護のお金を着服してる人の話とか、占いをしながらセクハラもしてる疑惑の人の話とか、そんなことをブログに実名で書くような人間に見えますか？　って今度からは言おうって思うんだけれど、その場ではびっくりしすぎて言えない。

かなり近い人でも言ってくるので、よっぽど書きそうな人に見えるんだろうな、と思う。

私が「こういう人がいた」って書いたり公で話すときは、迷惑がかからないように何人かの同じテーマの人をミックスしていることを、その人たちは知らない。

でも、歳をとってだんだん過激なことをしたい気持ちが丸くなってきたから、私生活で会う他人を書くことさえもだんだん減ってくるような気がする。

それでも私という人間が、対面では「下町っぽい面白い社交的なおばさん、いろんなことに踏み込んできてズケズケ言いそう」という印象もしくは「内気なのを笑いでごまかしているおばさん」「家族がいて幸せでお金持ち」（これがいちばん腹立つ、介護や育児しながらバリバリ仕事してみろってんだ、金もないし）という印象を持たれることは、忘れないでいようと思う。

そして毎回心で問う。私の本、一冊でも読んだことはありますか？　全てフィクションだけれど、私の思想はある程度反映されてます。そんな人、出てきてました？　と。

スヤスヤ

まあ、自分のことは自分がいちばんよく知っている。だから、何を思われても気にしないでテーマ本位で書いていこうと思う。

◎よしばな某月某日

大都会の真ん中、〇フォーレ原宿に行ったら、駐車場にシートが敷いてあって、パイロンで囲ってある。

見上げるとつばめが巣を作っていた。

きっと中にはひながいるのか、これから子育てか、抜かりなく見張り飛び回る親つばめ。駐車場の人たちがなんとなく温かく見守っている。

ライトに近いから撤去しろとか、ふんが落ちるからよくないとかすぐ言われてしまいそうな昨今、つばめの落としものに注意！　って書いて、巣立ちまでそっとしておいてあげるなんて、なんてすてきなことだろう。

ここの2・5階にF.O.B COOPとそのカフェがあった時代（すごいときにはみつ枝さんが自ら花屋さんまでやっていた。欲しい花を売ってるところがないんだもん！　と言って。でも小さいカウンターにみつ枝さんがいるとかなりビビる）には毎日のように来ていたけれど、今はすっかり遠のいてしまったなあ、としみじみしながらも、あの頃の豊かな原宿がそこに残っているようでなんだか嬉しかった。

あのカフェは私の人生の中でトップ3に入るくらい大好きだったし、パリでもないのにパリにいる気持ちになれる場所だった。なくなったことを残念に思う。

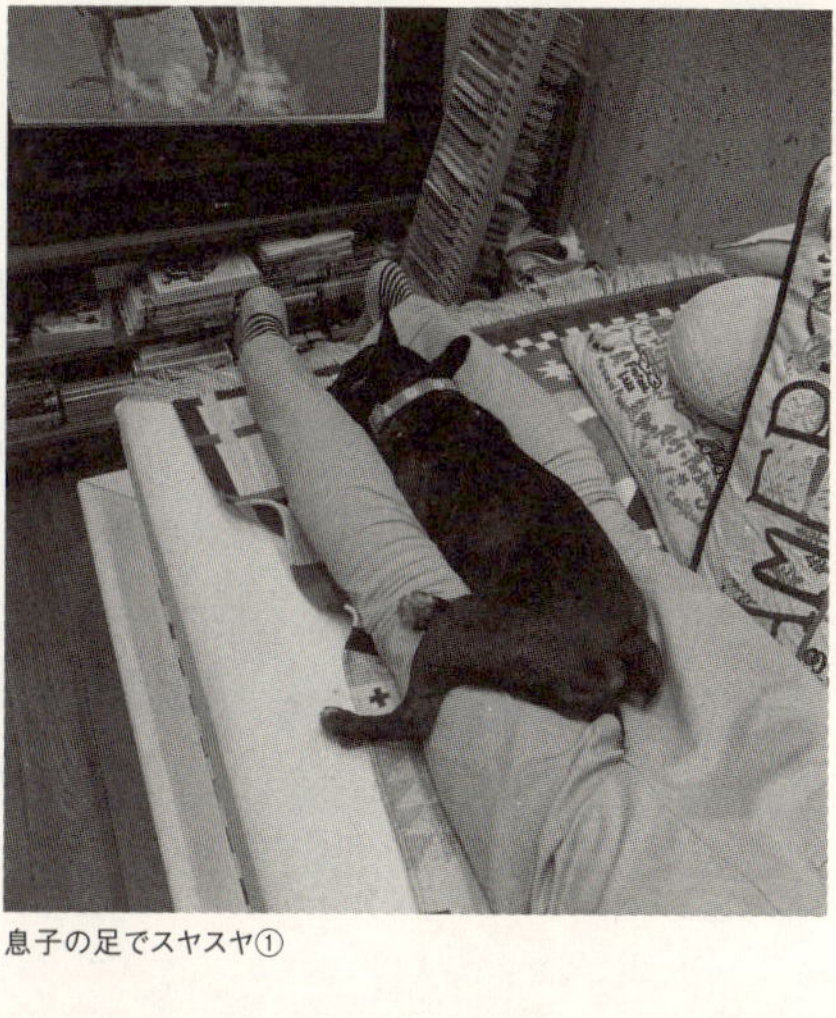

息子の足でスヤスヤ①

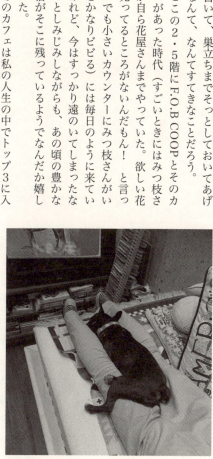

あの世との

◎今日のひとこと

たまに、もうこの世にはいない親しい人が出てくる夢を見ます。

私の夢には2種類あって、単に昼間考えていたから出てきた、という普通の夢。もうひとつは、ものすごくリアルで、触れたり声が聞こえたり匂いがするもの。

それで、リアルなほうの夢では、この世にいない人たちには同じ特徴があるんです。だからそういう言い伝えが多いんだと思うのですが、夢に出てくるときってみなさん、死んだときの年齢じゃないんですよ。

それよりほんのちょっと若い、いちばん楽

「海月」のお弁当

「チャンスじゃん」

私たちの会話も全く当時のまま、彼女が40代で私が30代だった頃と変わりないのです。

彼女の部屋の間取りも、生前と同じでした。寝室と、お客さんを入れるリビングだけのシンプルな部屋に彼女はいつも住んでいました。でも、夢の中の寝室は最後の日々みたいに服の山になっていなかったし、リビングも心なしかさっぱりしていました。

ああ、ほんとうはこんなふうにしたかったんだな、だってあの服の山じゃ寝られないもんね、と私は思いました。

夢の中で私は彼女がもうこの世にはいないこと、その空間でだけしばし会えていることをなんとなく知っているのです。

40代の頃、彼女にはいつもちょっとしたボしそうなときというか、その年齢なんです。

私の父であればスタスタ歩いたり泳いだりしていた70代前半くらい。母もいつもそのくらいです。


私の死んだサイキックカウンセラーの友だちが、先日夢に出てきました。

60代でこの世を去ったのですが、夢の中の彼女は40代くらいでした。

私は彼女の家の玄関で、金魚の水換えを手伝ってと言われています。

玄関は生前彼女が住んでいた家より広くて、光がたくさん入っていて、床に水槽がある。

水換えの前に金魚を別の入れものに移さなくちゃ、と移しながら、彼女は言うのです。

「最近来る宅配のお兄さんがちょっとかっこいいのよね〜」

ーイフレンドがいて、私たちはその恋愛みたいなものの噂話をしていました。あの頃の元気な彼女にもう一度会えて嬉しかったです。

死んだ人は死んだんだ、そんなのみんな空想だ、単なる夢だと言われたらまあそれまでなんだけれど、誰でもがいつも同じ少し若い頃の姿で、生きてるときよりもちょっとだけ小ざっぱりした明るい空間にいるっていうことは、きっと死んだ人は自分の理想の世界の中でしばらく暮らすんじゃないだろうかと思うんです。

そう思うと気が楽だし、それに空想、想像、夢って言っちゃったらもう。現実がそもそもそれですから、ほんとうは。

会社だって国家だって、みんな人が合意して作りだした概念ですから。地上に国境の線が引いてあるわけでもないし（目に見える線があるところももちろんあるけど）。

ドイツ人とユダヤ人と、なにか体に違いがありましたかと言ったら、ほぼないと言っても過言ではないのに、歴史上ではあんなことがありました。それもある意味概念です。

概念を生きていると、体がそれにだんだん追いついて型を作ってきます。

まるで現実というものが触れるかのようにあると仮定した方が楽だから、人は現実に合意しているのです。

たまにそれに風穴を開けちゃう人が出てくると、天才と呼ばれるか排斥されるかどっちかでしょう。

まあ、そういう仮定のもとに、私はとりあえず思っているのです。

私が死んだら、たぶん40代で、たまに夢で

チューリップたち

行く海が見える白っぽい広い部屋に住んで、毎晩居酒屋に行くんだろうなあ、と。

◎どくだみちゃん

いちばん

あんなにそのふたりにはアドバイスをもらったのに、

いちばん恋しいのは、役立つところじゃない。

お父さんの笑い声。

友だちが酔っ払って私の肩に顔を乗せてくるときの細い目。

しばらくは死んだときの姿ばかりが浮かんできたけど、今は笑顔ばかり。

あんなに憎たらしかったお母さんなのに、認定毒親と言っても過言ではないくらいなのに、今は手をつないで歩けば良かったと思うばかり。

浮かんでくるのも、寝こんで咳きこんでるときに背中をずっと撫でてあげていたら、泣き出してしまったあのかわいらしい姿ばかり。

小さな菊たち

◎ふしばな

夢の続き

意外に水槽の水が重くて、一気に持ち上げて移すのは女ふたりだとむりかも、ということになった。

夢の中なんだからサイコキネシスでジャーとやればいいのに、全く夢のない、夢をむだ使いしている私たちだった。

するとピンポンが鳴って、うわさの宅配便のお兄さんがやってきた。制服を着ていて、30代くらいで、がたいが良くて目がぱっちりしている。

「ちょうどいいところに！　これ、手伝ってもらえませんか？」

と私が言い、

「いいっスよ」

と彼が言った。そして水を換えてくれて、友だちがお茶を出して、それを玄関先でぐいっと飲んで、彼は去っていった。

「よかったね、あの人がいなかったらむりだったかも。口数は少ないけど、かっこいいじゃん」

私が言うと、彼女はちょっと考えるそぶりをして（その顔がまた懐かしかった）、

「ちょっと待って、おかしいわよ、まほちゃん（私の本名）。だってあの人、荷物持ってきてなかったじゃない。ただ来ただけなのよ。」

と言った。

「え？　遊びに？　ごめん、もしかしたらチャンスだったかもなのに、私がいてとんちんかんなこと言っちゃったから？」

私は言った。

彼女はいつもそうしていたように私の腕にぎゅっともたれかかるように手を当てて、

「いいのよ、彼制服着てたし。あたしも今はそんなことになってもちょっと困るから、ちょうどよかったのよ」

と言った。

「そうか、ならいいんだけど。でも気があるってことだよね、どうする？　これから。わくわくするねえ」

と私は言った。

すると、またピンポンが鳴って私がドアを開けると、ひげが生えてくるくるした髪の毛で目がきらきらしたイケメンのちょっとヒッピーっぽいアメリカ人とおとなしそうなその男の友だちって感じのふたりが、ハーイ！とやってきた。

「彼らはあたしの地元から東京に遊びに来てるんだけど、今あたし、ちょっとあいつのことが好きなのよ」

と彼女は小さな声で私にだけ言った。その耳打ちの感じもほんとうに彼女がする仕草なので、懐かしかった。

「あらら、さっきの人とこの人、どっちとど

うなるか、楽しみだね」

私は言った。

みんなでビールでも飲む？　ということになって、リビングに座るところで夢は終わった。


そうそう、国内外のイケメンといつもちょっと親しくて、でも密になることはあんまりなく、自由に交流してたよなあ、彼女は。

若いときは私も深夜までいっしょに飲んだりしたな。

なによりもその空気。彼女がいて笑っていて、彼女の部屋にはいろんなすてきな小物があって、風が通っていて。

夢の中の彼女は珍しくタバコを吸ってなかったし、それから、生前はベタ（闘魚）をもらっても「生き物を買うなんてもう絶対怖い」と言って、手荷物でずっとこぼさないようにそのコップみたいなのを飛行機の中で持ってまで実家に預けに行ってたけど、天国では金魚飼ってるんだな、そう思った。それからカウンセラーの仕事もバリバリには入れてないみたいだった。

生きてるときよりずっと、明るい部屋で、楽しそうに暮らしていたな。

そう思ったら私の心も明るくなった。


ちょうどマックス・コッパ[*9]さんのセッションを受けた夜に見た夢だった。

マックスさんが「今、亡くなった人たちがあなたの近くに来て、いろんなメッセージを送ってる時期だよ」と言っていた。

彼女がそんなふうに幸せを知らせてくれたことは、アドバイスをしてくれるよりもずっと嬉しかった。

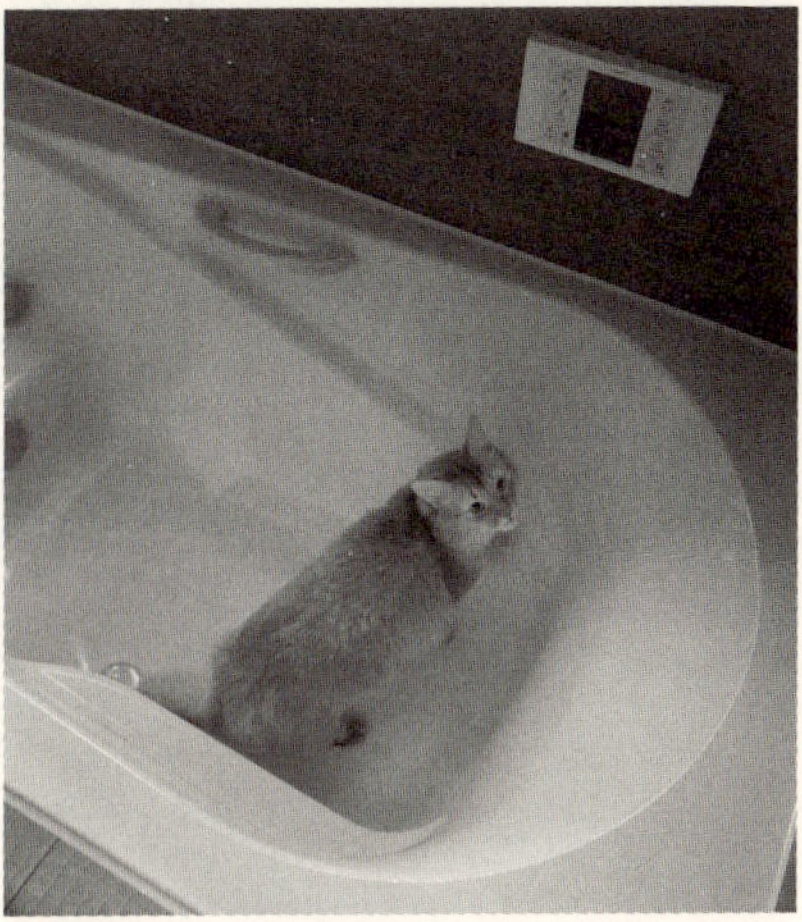

なぜ湯船に?

◎よしばな某月某日

蕎麦屋で並んでいたら、向かいにいる同じく待ちのお嬢さんたちが、まるで70年代みたいにのんきににこにこしゃべっていて、これ、コロナ禍の唯一良いところかもと思った。ふたりとも寝不足じゃない感じのいいお顔なのだ。

マイナス面としては、夜の街が荒れてる、荒んだグループも多い、鬱や病んでたりキレる人が多いなどいろいろあるけど、寝不足じゃないほがらかな人が増えてるのは良かったと思う。

石鹸を作っているりんたんは今近所のボランティアをしたりしているが、今日、彼のnote[*10]を読んで彼が自A隊にいたとき、サリン事件のときも東日本大震災のときも現場にいたことを知った。彼は警察官だったときもあるから、そういう現場の全てにはいなかったのかと思っていた。

　ほんとうにたいへんな体験だっただろう。

　最近、[*11]ヤマギ○会を抜けたファンタジー作家の手記を読んだのだが、ある意味、同じような特殊な環境で、抜けるのはたいへんだったと思う。たいへんのひとことでは言えない。家族もその中にいるわけだから。彼が故郷の尾道を愛し、実家に帰ることを楽しみにしていたら、両親が会の中に引っ越してきちゃったときの絶望描写のリアルさに感動した。そして彼がずっと「書くこと」に支えられてきたことにも。

　りんたんに「辞めてよかったことはありますか？」と聞いたとき、「定時連絡をしなくていいなんて、昼間にこんないい場所でお茶を飲んでいられるなんて」と遠くを見ながら言っていたのを、ますます深く捉えることができた気がする。

　そして一緒にしちゃなんだけれど、そういう特殊な団体の中で身につけた技能は、彼らの人生を支えてくれると思う。どんなに辛かったときがあっても、全くのムダではないのだ。

　年下の友人から超怖い話を聞いた。とある人からもらったかざり物のあのよくあるヒトデの乾燥したやつ。あれが、その人と別離した日に、雨に濡れて復活して、猛然と歩いてきたという話だ。

　そんなに怖い？　と最初思うかもしれないけれど、もしも自分にそれが起きたらとリアルに想像したらもう、いてもたってもいられないくらい怖い。

たまに小さいやつとかハワイなどでネックレスになってたりするし。うわあ、もっとゾッとする。

友だちのうちの子猫ちゃん♡

◎今日のひとこと

昔住んでいた家の大家さんのおばあちゃんは、駐車場の機械のメンテナンスをする人たちにお茶とお菓子を出すとき、大きなお盆にお菓子といっしょに、ソーサーがついたちゃんとしたティーカップを5個くらいふらふらしながら運んでいて、いつ転ぶかとドキドキして手伝ったものでした。

奄美に島尾ミホさんを訪ねたとき、ミホさんはビール瓶を6本くらいいっぺんにガタガタいわせながら持っていらして、さらにおみやげにと奄美の焼酎の一升瓶をひとり1本どうぞとくださって、この規模は昭和のものだ

椿のかべ

なあとしみじみありがたく懐かしく思ったものでした。

商店に行けば、肉は竹の皮と紙で包まれてきたし、野菜はむき出しで自分が持っていった買い物かご（よくサザエさんが持ってるやつ）に入れていました。

そう、私の世代は実はエコな時代を普通に知ってるのです。

それが変わってから（もっと安価な紙製品やプラ製品が出回ってから）、ずいぶん長い時が経ちました。安い、使い捨て、簡単なものがいちばんになった、高度成長期からのバブル時代が長かったし。お金で時間を買うという意味がどんどん出てきたわけだし。

急に極端に元に戻そうというのも、なかなか時間がかかりそうです。限りある資源（紙や竹）を守るために、むだなお金を使わないために考えてやってきたんだよ、と言われたらなんにも言えないですけれど、つまり個人の商店をなくしたのが悪いんじゃない？　お肉屋さんやお魚屋さんがそれだけで生きていけない世の中になっちゃったからじゃない？　金をいちばんに考えたからこそ地球に負担がかかってるんじゃない？

っていうところも考えないと意味がないのでは、と思うのですが、そんな全てを若い人たちが自然に軽々と、超えていってくれることを切に願っています。

いっぺんでも誰もいない海辺がゴミの山になっているのを見たら、それを全部利用して家を作れるナスDとかは別として、これはよくないことだよなあ、包装材ってこんなに必要じゃないよなあ、って誰しもが思うはずだ

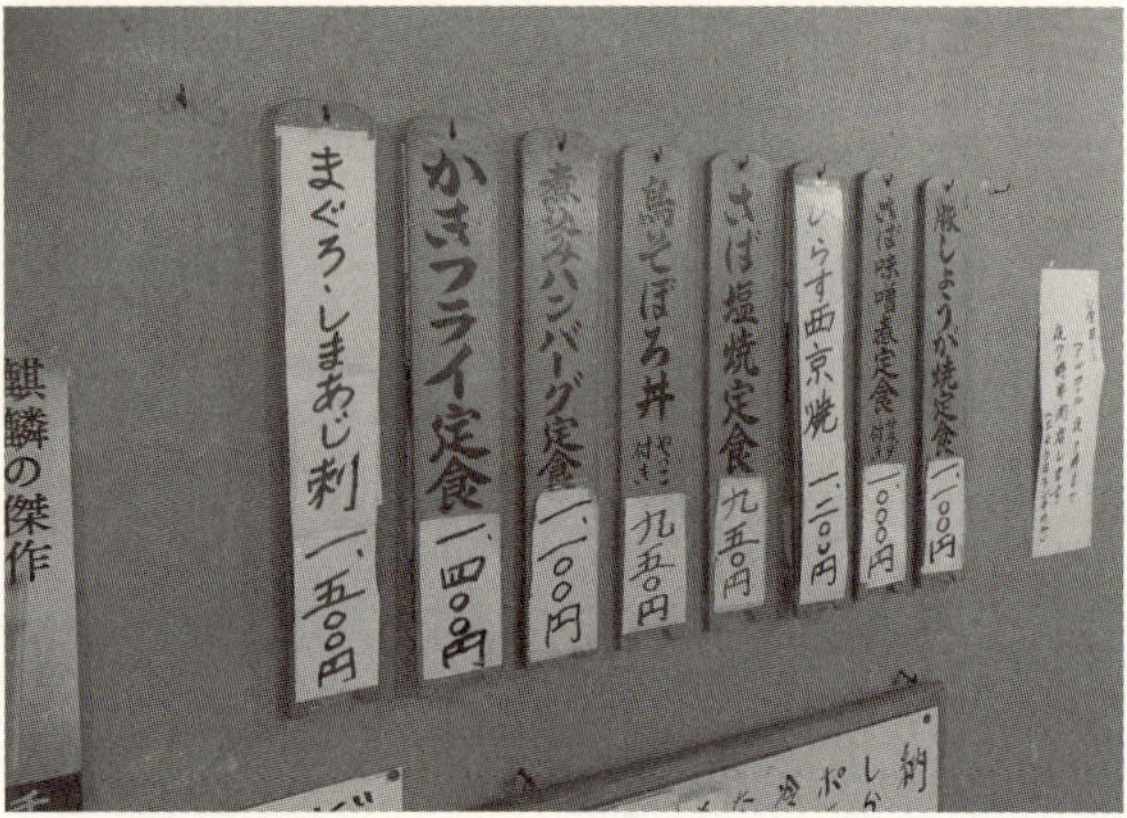

「末ぜん」のすてきなメニュー

から。

◎どくだみちゃん

かえる

庭の隅っこに、虫が死んでいる。

あえて捨てたりしないで、放っておく。

肉っぽい部分があるうちはアリなどがはりきって群がっているが、微生物しか働けないくらいにカピカピになると、だんだん風に吹かれてカサカサして消えていく。

打ち上げられた魚に鳥が群がる。

奪い合ったり、大騒ぎして、しばらく浜辺は大興奮状態になる。

魚は腐る前に、あっという間に骨だけになる。その骨も毎日少しずつ波にさらわれていく。

潮が満ちてくるから、波打ち際の位置が変わるから。

ほんとうは人間もそうやって消えていくものなのに、気持ちがあるとどうしても放っておけない。

儀式をして、魂をなぐさめずにはいられない。

見えないものを敬う、それは人のいちばんすばらしいところ。

そして表し方は違えど、霊を、魂を見ることができるのは動物もきっと同じだろうから。

それぞれの悼み方で悼みながら、霊的なバランスの中で命は生まれて死んで、体だったものは分解されて、世界は循環していく。

この世に法則はそのひとつしかない。

地球の自然は全てその中にある。

人ひとりでは全部見えないから、大きなその法則をみんなでちょっとずつ分担している。

自分の種族を全うするしかない。

それに沿ってさえいれば、全ての命がゆく

のぞきこむような刈り方

べきところに、自分もかえっていけるだろうと思う。

◎ふしばな
気になるポイント

私はやりすぎる気持ちはそんなに持ってない。

面倒くさがりなだけです。面倒ってなにがって、某ワイパーのシートを買い続けることとか（最近めったに使わないけど一応常備はしている）、トイレをそうじするシートを買い足すとか、柔軟剤の香りでクラクラするとか、毎年一年草あるいは種が取れない苗を買って花壇を飾るとか、たかが500gの肉を手に入れたいだけなのにびっくりするほどプラスチックのトレイが出てゴミ箱がいっぱいとか、そんなことが逆に面倒なのだ。全てのものをクリーニングに出すと全部溶剤で洗うから、どうしても水につけるのが無理な服だけ出すとか。そうするとそもそも化繊の服が減ってくる。そのために洗濯が多少面倒になっても耐えられる。

なにせ鶏肉を買ったら紙に包んで渡してもらったり、お豆腐はおわんを持って買いに行く時代を生きてきてるもんだから。

でも、この問題って行き過ぎると自然のバランスは取れても自分のバランスを崩して、大都会に住んでいても菜園をやって薪で食事を作るところに行き着くに決まっている。そして結局大都会はむりだな、と山の中に引っ越すということになる。生活イコール人生になる。

それは今のところ本意ではない。

大都会の中で、自然を見る。自然とは山川海森のことではなくて、宇宙を流れている法則のようなものを見て暮らす。それにちょうどいいテクノロジーは使う。それにつきる。

ＰＣとスマホがない生活をできる人は今なかなかいないだろうけれど、それだってつまり電気は必ず使うってことだから。


人によって気になるポイントは全く違う。食品ロスが気になる人、プラスチック問題が気になる人、添加物が気になる人、それはもう、それぞれのこれまでの人生や家庭環境に大きく影響されて決まっているだけのことだ。

だからそれぞれ気になるポイントが違うくらいで、ちょうどよく世界は流れて変わっていくのではないかと思う。

エビアンをがぶ飲みしながらエコバッグを持っている人とか、体につけるものは全部天然繊維で肉をがんがん食べてる人とか、一切の添加物を食事からも肌からも排除しているのに、合成洗剤をバリバリに使う人とか、この世には矛盾に満ちたいろんな人がいて、だからこそ世界や経済は厳密にかつゆるく回っていく、そんな気がする。


バリ島に行くと、たとえば豚や鳥は内臓や足まで全部きちんと調理して食べるし、紙できれいにお弁当を包んでくれてほっこりするが、ゴミ捨て場になっている崖などから下を見ると、昔の夢の島みたいなとんでもない世界がある。下水とゴミ処理はまだ発展していないけれど、自然でないプラ素材には満ち溢れているから、混沌がハンパない。

韓国には衛生面ドロドロの屋台がまだまだあるのに、どうしてＷｉ‐Ｆｉはどこでもバリバリなのか、などなど、国によっても気になるポイントは違いそうだ。

若い頃、自分と犬と入り浸るボーイフレンドだけで暮らしていたときは、そうじなんてしなかった。毎日？　なぜ？　くらいの感じで、家中ほこりだらけだった。でも気にならなかった。他にすることがいっぱいあったから。で、気づくとまとめてやる。洗濯も毎日はしなかったし。自炊なんてしなかった。一歩外に出たら安くてうまいものが売っていたから。

それに比べて今は家事が中心の生活である。自炊率も98％くらい。技術が上がった分、気づくことが多くなってこだわりも出てしまったのだろう。

のびたパスタを配達してもらうより、多少

姉のちらしずし

面倒でも家で茹でたての素パスタを食べた方がおいしいと気づいてしまったのだろう。

でも、あの頃のてきとうな生活の豪快さを懐かしくも思う。

◎よしばな某月某日

前からなんとなくおかしいなとは思っていた、うちの電動ミル。某ゾンで買ったとき、「早くひけることアル」「片手で完結の便利」とか、銀魂か！　みたいな不思議な文章だったからだ。

もちろん某ゾンを責めてはいません。いつもお世話になっております。

でも、電池がすぐバラバラになって鍋の中に落下し、しかたないから輪ゴムで留めるというアナログぶりにもちょっと動揺していながら、3年くらい使っただろうか。

私が電動ミルをガ〜ッと動かすと、いつも息子がゲラゲラ笑っていたのを覚えている。ママのその動作、なんかおかしい、と言って。なんだろうか。

あるとき、ふたがすっぽ抜けて電池どころか全体が鍋の中に落下、数日間乾かしてもうんともすんともいわなくなり、ついに天寿を全うした。

それで今度は長持ちしそうなもう少し高いのを買ったら、作りが根本的に違ってなんだかしっかりしている。すごい安定感。今までなんだったんだろうっていうくらい。好みの粗さに塩胡椒がひけて、急に料理の腕まで上がったような。しかも電池も落ちないから、家族に「一瞬電池も煮込んじゃいました」っていうのを黙ってなくてもよくなった。

ほんとうにあの某ゾンを批判しているのではなく！　気をつけてよく見てから買いましょう、レビューもいちおう読みましょう、本のレビューはよくデタラメが書いてあるけど(怒)、ものに関してはわりと的を射ているときが多いです、というだけの話なのだが、これまた、蜜ろうラップをいろんなサイズがほしくてセットで某ゾンで買った。蜜ろうラップはずっと愛用している。洗えるのと、ラップのうまくビシッとつかない感が苦手なのと、冷蔵庫の中がカラフルになるので好きだから。

そうしたら1ヶ月くらい来ない。いやな予感がしたが、やってきたそれは某大きな国からで、ＥＣＯという文字とかハチのイラストが満ち満ちているのに、ものすごい化学薬品の臭いがして、蜜ろうは使ってるかもしれないけれど、他のものもひたしたよね？　というのが丸わかりで、しばらく使ったが臭いうつりが耐えられなくなり、元は取ったなという期間くらいで捨てた。

これまでは、どこから来たか、誰が作ったか、誰が売っているかをわりと素直に信じていい時代を生きてきたけれど、これからはそうじゃないんだ。買い物にほんとうに気をつけようという教訓を得た。

それで[*12]三宅洋平さんの商店から買っているんだけれど、この蜜ろうラップのご家族は本格的で、ひなのちゃんかと思うくらいの生活をしている感じが解説の写真からせまってくる。かなりていねいに蜜ろうにひたしているみたいでネバネバの状態でやってくるんだけれど、長持ちするし、ちゃんと寿命があっていい（今は日本製のものも扱っているみたいですが、いずれにしても安心そうです）。
こうして試行錯誤しながら、暮らしにあったものを手に入れていくんだなあ。

MAYA MAXXと私

2022年1月～3月

バナナとばなな

アジアの風（電鍋考）

あけましておめでとうございます！
今年もよろしくお願いします。
心をこめて書いていきます。

◎今日のひとこと

どこのどれとは申しませんが（笑）、海外製アメリカ用の電気蒸し器を人の家で洗ったことがあります。コンセント部もあるし、パーツは多いし、むちゃくちゃ大変でした。

せいろもいつも鍋か鍋近くに置いてあって風通しよく乾かしてある中国、台湾で使うほうがカビが生えやすい日本より楽なんじゃないかな、と思いました。蒸しものをする頻度からして違いそうです。

いつも買う大好きな煮物

それから、英会話の先生がアメリカに帰国するときに、電気調理鍋をもらったのです。あの素材を入れて電源を入れておいたら、夕方までに煮物ができているというやつです。

　使い勝手は良いのですが、やはり手入れがたいへんで、「どうせうちにいる仕事だから鍋で煮た方が早いわ」と故障したとき捨ててしまいました。期待していたほど高温にならないのは、煮崩れしなくていいという点はあったけれどもの足りなかったです。私のもらったのは再加熱できないタイプだったので、それも困った。

　それから、似たようなシステムで、熱々のまま入れておいたら長い間加熱しながら保温してくれる鍋もあるとき人からいただいて、お味噌汁をずっとそれで作っていました。そのとき飼っていた猫が、なんと土鍋やル・クルーゼの蓋も開ける強者だった（ふと見ると土鍋やあの重いル・クルーゼの鍋の蓋がずれていて、肉だけがなくなっている。そして猫の手がしっとり濡れている）のですが、その鍋の蓋だけは構造上猫の手では開けられないしくみだったからです。便利だったのですが、内鍋の手入れは同じく普通に面倒くさかったです。

　大同電鍋[*13]を初めて見たのは、仕事でおじゃました台湾のおうちででした。意味がわからず、懐かしい型の電気釜だな、と思っただけでした。あと、コンビニに行くとでっかいそれにおでんが入っているのですが、炊飯器でおでんを作ってるのだな、としか思いませんでした。

　しかし、数年前、平良アイリーンさんのお

うちに遊びに行ったとき、アイリーンさんが中を見せてくれたのです。

「これって台湾の家ならどこにでもあるんですよ、温め直しもできるし、保温もできるし、でも私は今ひとつ使いこなせてないんですけど」

そのシンプルな構造に驚きました。スイッチも加熱と保温のふたつしかない。

そして、今回の自粛期間に毎日ごはんを作らなくちゃいけないことになって、ついに大同電鍋を買ったのです。

驚いたのはその手入れの楽さ。

外鍋に水を入れて、内鍋もしくは蒸し網の上の皿に具材を置くだけだから、つまりスイッチが上がったときには中の水はゼロになっていて、ただ拭けばいいという。

特に蒸し魚、鳥のガラスープ（ものすごく透明に出汁が取れる。蒸気を出して蓋をしてあることで、圧力がかかるから）、ごはんの温め直し（もちもちになる）にはものすごい力を発揮しました。パンは全部蒸しパンになってしまうところが、これまたアジアな感じ。

内鍋と外鍋はやけどレベルに熱くなるし、粘度が出るから米は器にこびりつき、大変なのですが、これらは時間が完全に解決してくれるのです。

水につけておく、干しておく、冷めるのを待つ。

そのほったらかしの時間を考えに入れている感じが、アジアだなあと心から思ったのです。

その時間にアジアの人はいろんなことをし

て、後で戻ってきてちゃっちゃっと洗う。窓の外はゆっくり暮れていく。時間も料理を作ってくれる要因のひとつ。片づけてくれる要因のひとつ。

電気で熱を起こし、温めるということには変わらないのですが、圧力があるぶん「コンロで煮るのといっしょじゃん」ということにはならないという。その、時間とか電力をむだにしない感じ。

シンプルな構造だから、なかなか壊れない。

これはこの気候に合ってるな、と土地が生んだ調理用具のしっくりくる理由に感動しました。

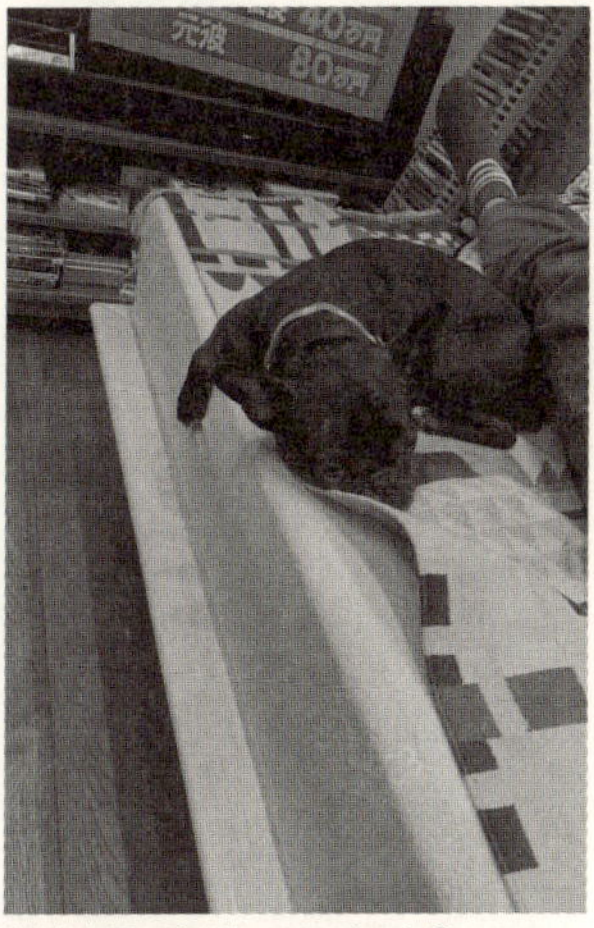
またも息子に寄りそってのスヤスヤ②

◎どくだみちゃん

韓流

あんなにもかっこよく踊り、メイクしている人たちだけれど、

そして彼ら彼女らの稼ぎで実家もタワマンに転じているかもしれないけれど、

あるいはもともと財閥だったりして邸宅に住んでいるかもしれないけれど、
彼らのご両親は彼らに会えたらキムチやチゲをいっぱいにテーブルに並べる、そんな気がして微笑ましい。

時代の中に、ピザだとかタコスだとかハンバーグだとか食パンなどが入ってきても、
実家に帰ったらきっと両親は昔ながらのものをまだ食べている世代。
少し前の日本と同じだ。

韓国で深夜ソルロンタンを食べに行ったら、24時間営業の肉屋が併設されていて、ショウウインドウの中には煌々と照らされたいろんな部位の肉たちが並んでいた。

赤身とホルモンの鮮度が見事だった。


多分そこから数時間すれば市場も開くだろうと思うと、この人たちには体力でかなうはずがないと感じた。

初めて韓国に行ったとき、それはもう数十年前のことだけれど、たくさんのおばあさんとおばあさんが、本気のデモをして庁舎前に座り込んでいた。涙を流す人、大声で叫ぶ人、切実な表情。

「なんのデモですか？」と私が聞くと、「牛肉を守れ、というデモよ」と通訳のキムさんが言った。

これ以上輸入牛肉が増えると、国産の牛肉が売れなくなる、そうしたら国がだめになる、そういうデモだと。

その結果が出たものが、こういうことなんだと私は輝かしい肉を見ながら思った。

そこに輸入肉はなさそうだった。

食べているものが人を作るというのは、きっとほんとうなのだと、こういうときにしみじみ思う。

肉を食べないとか、高い野菜を取り寄せるとか、そういうことではなくって。流通や、品質や、農家や農場とのつながりや。

そういうものをそうして守ることを、私たちはほとんどしてこなかった。

よく言われる兵役の力ではなく、食べもののその差が体力の差となって出てはいないかと感じずにはいられない。

ちらしずしを盛りつける直前のいっちゃん

◎ふしばな　しょうがない

電鍋って、熱いうちに洗っちゃいたいとか、今すぐに後ろにあるおろし器が取りたいとか、そういうことをすっかりあきらめざるを得ない熱さなのである。

2回ほどやけどをしてから、慣れた。

これだけ熱いものは、冷めるまで待つしかないですね、はいそうですね、そういう感じだ。

そして他のことをしていると、触れるようになっている。

このあきらめる感じが大切。

器ごと蒸すから、信じられない温度になる。取り出すのも一苦労。でも、熱々の食べものってそうだった、危険なところがあるよなって、茶碗蒸し以外で久しぶりに実感した。

家事って、基本的には連綿と続いていくものだ。ひとつひとつが独立してはいない。

だからこそ、時間が大きな助けになってくれる。

洗濯するときのしみのつけ置き、洗濯ものがパリッと乾くまで、接着剤がつくまで、塩がしみて水分が出るまで、炒めた野菜が一体となって出汁に変わるまで、煮物に味がしみるまで、こびりついた米が取れやすくなるまで、ふきんが乾くまで。

あらゆる場面で時間が解決してくれることばかりだ。

そして時間にまかせたら、簡単になることばかりだ。

家事が得意な人は（私は違う）、どちらかというと思いやり深いおっかさんではなく、理系の冷静さを持っている人なのだ。

動きやすく身ぎれいにしていない料理研究

「ル・ショコラ・アラン・デュカス」のスイーツ

家はいない。それも当然だ。全てが合理的に、自然の法則に則って進んでいくのだから。

◎よしばな某月某日

無料、ただでいいな、読むのが楽だな、聴くのも観るのもみんな楽だな、それは当たり前のことで、必要な概念である。そもそも課金のシステムがめんどうくさいから、ハードルが高い。そしてそのハードルに守られているこういう場もある。

しかし、無料界には、想像を絶する人種が存在するのである。人生の自然なご縁では決して出会わないような。

普通に考えて、少なくとも私をフォローするのなら、本が好き、読むことが好き、そうでなくても私の知り合いだとか、人生の謎に興味があるとか、それは大前提だと思うではないか。

そうではないのだ。何を何回説明してもわからない、1つ前の投稿さえ見ない、読まないでコメントだけしたい、そういう人たちがてんこ盛りだった。それからメルマガの有料部分を思いっきりTwitterに書き写しちゃう人とか。それにはいつも小さく「いいね！」をするけれど。気持ちはありがたいから。

世間の広さにびっくりした〜！

公立の小中高、芸術学部、ゴルフ場と喫茶店と書店とファミマ本社と宗教団体のバイトと、アル中時代のどん底居酒屋で世の中を見た気になっていた自分が恥ずかしい。

それは突然に行ったことのないSAに行ってしまったような、そんな気持ちだった。

なぜSAにたとえるかというと、空港だと少なくとも人種が入り混じっているけれど、SAには基本日本人しかいない。野球場だとしたら、少なくとも野球に興味があることか関係者であることだけは統一されている。競馬場でもそうだ。でもSAというのは、単に車で移動している人という共通項しかないから、見たことない世界が展開しているのである。

まあ、面白い体験だったけれど。60前には離脱したい。だって人生は短いし、ほんとにSAに行けば充分いろんな人に会えるから。

というわけで、ものすごく優秀だったブログ関係のスタッフの方たちや、24時間コメントを見張っていてくれた人たちには申し訳ないけれど、あの広告の山を観なくてよくなったのは、ちょっと嬉しい今日だった。[*14]キューライス記なんて、もしスマホで見ようものなら、下の広告の絵が動いてこっちに飛んできたりするので、とてもゆっくり見ていられないくらいだもん。

その解放感と言ったらもう、踊り出したいくらいで、違う世界に触れるってこんなに大変だったのか、と思った。

でも、違う世界に触れざるを得ないのが人生だから、やっぱり自分のまわりくらいは、楽しいところに調整したい。

踊り出したいものの骨折していてあまり踊り出せないから、花屋に行って、コーヒーを買って、ちょっと歩いただけだったが、足の悪い私を見て工事現場のおじさんが「ゆっくりでいいんですよ、ゆっくりで。ごめんなさい、道が凸凹で」なんて言ってくれたのでいっそうごきげんになった。

電波時計がぐるぐる回っていきなり壊れたので、外は真っ暗でも時計はまだ15時。なぜか心に余裕が生まれたりして、人間ってけっこういろんなことに縛られてんな、と改めて思った。

ちょっと過激な方法でずっとこのことを追求していたホドロフスキーの新刊「サイコマジック」[*15]がやっと訳された。国書刊行会よ、ありがとう。足を向けて寝られません。この本を英語で読もう、読むべきだと決心して購入したが、冒頭いきなり「悪魔の形をした干し魚」とか「骸骨に変じたグアダルーペの聖母」とか、他では一生出会わなそうな珍しい単語の山がやってきて、調べることで精一杯で1章分しか読めなかったのだ。

私の影

対処

◎今日のひとこと

昨年の夏、うっかりバリバリに日焼けしてしまい、鼻の頭の皮がむけたのですが、そんなこと小学生以来初めてでびっくりしました。

子どもの頃、海への1週間の旅から家族で家に帰って、ほっとして、自分の部屋で久しぶりに眠ると、部屋がよそよそしくてなじまず、びっくりしたものでした。

これがほんとうに自分の部屋？　昨日までいた海はほんとうに実在する？

空間の狭間に落ちたみたいな感じがして、くらくらしたものでした。

はるかに見える新宿

鼻の頭の皮がむけたことで、そんな感覚を思い出すことができて嬉しかったです。

　今はあの親たちに、どこに行っても会えないのですし。


　大勢の人が父の避暑に参加するようになって、宿はいっぱいになり、私は誰とでも雑魚寝できるようになり、大勢でごはんを食べたり過ごす楽しさもたくさん味わったのですが、たまに思います。家族が私が子どもの頃のままうんと仲良くて、最後の最後まで4人もしくは孫くらいまでの感じで夏を過ごしていたら、どうだったんだろう？

　それはそれでいいような気もするので、ほんとうに、人はどの道を選んでもなにかしらを得て、なにかしらを失っているのですね。

　だからまあ、いっしょうけんめい生きることと、その時々で耐え難いことを選ばないことくらいしか、できることはないです。後悔はしていません。

みごとに咲いていた木蓮（多分）

◎どくだみちゃん

時間

少し時間ができたことで、とても優しい顔になった人と、生活が苦しくなってキリキリとイライラとしている人と、極端にわかれている。

これまでどちらかというと、余裕がある感じの、忙しい人たちを見下していたような人たちが、キリキリしはじめたのには少しびっくりした。

環境が安定して整っていないと、人はのんきでいられないのだな、と思った。

めったに会わないので、会うと長い時間を一緒に過ごす友だちが何人かいる。

それはまるで旅のようで、ランチ、用事、買い物、酒、晩ごはんという感じでなんとなくずっといるから、特にずっとしゃべり続けるわけでもなく、ただ過ごす。

そののんびりした会い方はそれはそれで人と過ごすことの本質だと思う。

うんと若い頃、とても忙しい男性とつきあっていたことがある。

仕事が忙しくて、ごはんを食べながらうたた寝するような、そういう人だった。会ってるより家に帰って寝たら？　と言いたくなるような。

そしてたいていのとき、イライラしたり、機嫌が悪かった。

私もものすごく忙しかった。

よく「この程度のことを人は忙しいっていうのか」と思うくらい、多くのことを座りもせずにこなしていたが、それに耐えられたのは自分で動きをある程度決められる仕事だったからだろう。

「3日徹夜したのち、1日休んでからヨーロッパに行って、帰ってきて1週間でオーストラリアに行きなさい。そのあいだに短編をしあげること」なんてもし強制されてのことだったらほんとうに死んでしまっていただろう。

その人といるのに疲れたとき（なにせ、こちらは何もしていないのになんだか責められているような、会って『もらって』いるような感じがすごくイヤだったのだ）、「この人の忙しさは一生変わらないから、いやだな」と思って別れてしまったのだが、まさか将来、地球の上の人全員が、こんなふうな形で強制的に休みを取らざるを得なくなるなんて、誰も予想していなかったなと思う。あの人もきっと、どこかの空の下で少し穏やかになっているだろう。

予想のつかないことが起きるのが、そしてそれに対処するのが人生なのだなとしみじみ思う。

今はないカフェ「ドゥ マゴ パリ」の熊たちと

◎ふしばな　日焼け止め

海やプールに浮く、あの油の膜みたいなものがすごく気になっていた。

日焼け止めなのかなあ、と。

近年、たとえばハワイの海辺では紫外線吸収剤の入った日焼け止めが禁止になったと聞いて、油膜の問題とは別だけれど、やっぱりいいはずはないよな、としみじみ思った。あと、せっかく水に入っているのに、見知らぬ人の肌から落ちた油の中で泳ぐのも気分がよくない。もちろん自分から落ちたものも含めて。

なので考えを改め、去年から今年にかけていろいろな日焼け止めを試したけれど、あれが入ってないやつは肌なじみが悪くてすぐ落ちるし、あれが入ってなくてもティントだのBBだのCCだのは「塗ってます！」って感じで息苦しい。

しかし去年のあの痛み、毎日アロエの葉を1枚犠牲にして鼻に貼ってしのいだことを思い出すと、なにかしらは塗りたい。

パンデミックでソウルに行けなくて（この言葉を検索にかけるとあのとんでもない映画がすぐ出てきそう）、いつものわりとなじみのいいBBクリームが買えないのが大きいけれど、あれにも当然あれが入ってるだろうしなあ……。

と思って、結局もやもやとしたまま、弱いSPFのクリームを塗ってごまかしていたんだけれど（マスクもあるし）、世間では冬でも家の中でも塗りなさいというのが日焼け止めというものだから、まあ、害にはなっていないのだろう。

SPF15とか20以上になると、肌が文句を言い出す年齢になってしまった。

しかも私の肌色が黄黒とレンガ色が混じったみたいな変な色（酒焼け？）で、世の中のできあいのファンデーションだと必ず浮く。前にシュウウエムラで肌色を診断してもらってオリジナルのブレンドを作ってみたことがあり、それはあたりまえだが最高に合っていた。しかし買い足しにいくのが面倒でそのままに。

オーガニックなブランドの小さな丸いパックに入ったフィグ（いちじく）という名のチークがあるのだが、なんということでしょう。それが私の肌色にしっくり来てしまうので、今はその弱い日焼け止めの上に、コンシーラーがわりにところどころそれを塗っている。これはチークの色なんだよ、いったいなんなんだよオレの肌色って、と思いながら。

自由にソウルに行ける日が来るまで、きっ

名前を知らない小さな花たち

とこの迷走は続くのだろう。

◎よしばな某月某日

あの、突然出現した借りて返せる電動っぽいキックボードみたいなやつとか、配達のチャリとか、ママ電チャリとか、この世には骨折人にとって怖すぎるものがどれだけたくさんあるかよくわかった。そして平坦な道などないということも。

毎日どれだけいろんなバランスを取って人は生きているのか、たくさん考えるいい機会となった（負け惜しみ）。

そんなことを言いながら、腰のマッサージを受けていたら、マッサージのお姉さんが「いろんな種類のおみくじがいっぱいあったから、全部引いたの。でもみんなもやもやしてた。このまま行けばそのうち巡り合うでしょうとか、まじめに続ければそのうち叶うでしょうとか、そんなのばっかり！　何回結び直してももやもやしたのばっかり！」と言って憤っていた。

よくわからないが、根本的におみくじの引き方が違ってるような、そんな気が！

肌について書いていて思い出したが、昔の知人で、私と顔が似ていると言ってきかない人がいた。でも、どう考えても全く似ていないのだ。私の元秘書に面と向かって「どうしてそんなに老けてるんですか」と聞いたりするとんでもない人だったのだが、悪気はなさそうだった。

骨格も違うしやっぱり似てないと思う、ガ

チャ目なところ以外、と言ったら、「私のほうが肌がきれいめだってだけで、似てると思う」と言われた。そのときは流したが、今思うとなんだか腹が立つ。やっぱ、会わなくなって正解だな！　と思った。

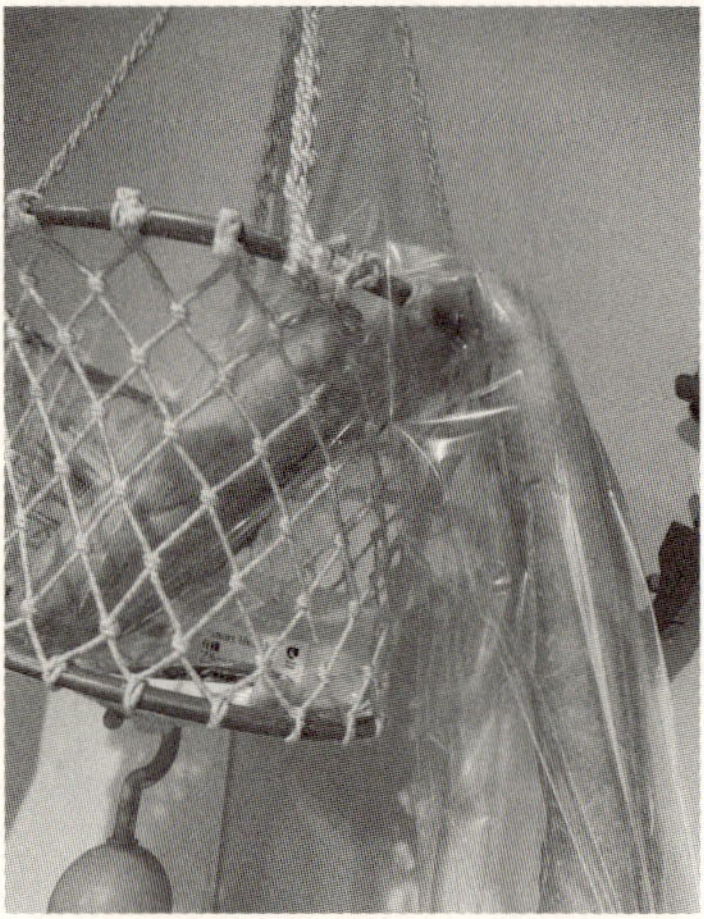

ぐんにゃりしたバゲット

不思議な時期（でもきっと美しい時期）

◎今日のひとこと

たまたま、水やりを屋上でしていたら、ものすごい音が鳴り響いて、真上にどんどん見たことのない飛行機が飛んできました。なんていうの？　ギャラクシアンみたいな（自分のたとえが古いな）感じの。

なにか異常事態でも？　と思い、だまって立っていると、飛行機は空に五輪を描いて去って行きました。ほんとうにあっという間でした。

調べたらブルーインパルスのリハーサルだったみたいで、練馬区付近と書いてあったけ

まっ赤でした

れど、世田谷であるところのわが家からほんの少しだけ北東にしか見えなかったので、そんなに離れていたんだ！　と不思議に思いました。

　あまりにも予想外のことが起きると、人ってただ立ちつくすんだなとしみじみ思いました。

　あれがもしたくさんのＵＦＯの飛来だったとしても（[*16]浅野いにおさんのデが多いまんがみたいに）、私はきっとただ見上げて、それから足元にいる犬の心配をしたんだろうなと思います。いつか観た映画のようだなと思いながら。

　気づいた頃にはもう五輪を描いていたので、間に合わないなと思って携帯さえ取りに行かなかったです。

　人生ってなにが起きるかわからない。

　コロナやがんだったらまだ考える時間があるけれど、そうでない死に方だっていっぱいあります。今ここで生きているのが奇跡なんです。こんな柔らかい体で。毎日使ってる包丁だって、麺をゆでようと沸かしているお湯だって、みんな命にかかわるものなんですから。

　それでも、まるで永遠に生きるかのように今日を生きるべきだと、ホドロフスキーは書いています。

　それを読んで、そうか、それでいいのかと私は思いました。

偶然のアート

◎どくだみちゃん

手を洗う

除菌とか、恐れでごしごし洗うのではなく
って。
いい香りのハンドソープをただひたすらに
泡立てて。
疲れた手を優しくマッサージしながら。
冷たいきれいな水で、さっぱりとするまで、
洗い流す。

そのとき立ち現れてきたなにかに、急に心
癒される。
新鮮さ、甘さ、淡さ。

手はこんなにもなにかで汚れていたんだ。
疲れていたんだ。
アルコール消毒にも、いろんなものを持つ
のも、支えるのにも。
放っておいたらそのなにかは、だんだんひ
じまで上がってくるだろう。
でもその恐怖をもってではなく、幸せをも
って、楽しみを感じて洗ったなら、心の一部

だってきっと洗われているのだろう。
その後の1日を、フレッシュにやりなおせるようになっているだろう。

手を洗うみたいに体も洗えたら。
そのくらい大切に洗えたら。

近所の大好きだったアパートが取り壊しになってしまった

そんな時間さえ、考え事をしている私たちの頭を休ませて。
言葉ではない言葉で、よけいな汚れを落とせたら。
生きながら天国に近づける。
体は、そういうことをいつだって待っている気がする。

◎ふしばな
押さえる

このことはもうみなさんが思っていて、散々もめたりなんだりしているので、
そしてこの文章が公開される頃にはすっかり終わっていることなので、ちょうどいいと思って書くんだけれど、お酒は19時まで、って決めたら、人はみないっせいにその時間に

飲み屋に行くに決まっている。

そしてパンパンにお店は混んでいて、働く人はへとへとで、1個もいいことがない。

確かに感染の拡大に、密は関係あるでしょうと思う。

だったらいっそ、ヨーロッパのように18時以降は外出禁止にしてしまう（もちろん助成金が出て）ほうがあきらめがつくのではないだろうか。

私はちょうど（？）骨折していたし、だからあまり出歩かなかったけれど、あの混みぶりにはちょっと恐怖を感じたし、閉口した。

感染症と関係がなくても、あんなふうに決まった時間にだけお店が混んでいていいことはひとつもない。お店の人にとってもそうだと思う。


早く閉まるなら閉まるで、いい部分はたくさんある。

お店の人は、稼ぎは少なくなるけれど、早く眠ることができるし、治安も少しよくなる。人々は家でゆっくりして、通勤もしないとなれば、健康になる可能性が高い。

こんな夜更かしの私が言ってもなんの説得力もないけれど、体は朝起きるようにできているので、深夜まで起きていると眠りが浅くなる。それによって、体がだんだん弱っていくことは否めない。

長年かけて、少しの昼寝で睡眠を補うように私の職業病の体は調整されているけれど、普通に考えたら夜寝て朝早く起きるのが一番いい。

経済的に、精神的に病んだ人がたくさんいるだろうけれど、生活を取り戻せて、人間として十全に機能している人が一方では増えたのではないだろうか。

物理には詳しくないが、精神的な動きではなく物理的に、こちらをぎゅっと押さえたら、ヨギボーのように、水風船のように、どこかがふくらむに決まっている。

いかにも「国家間含め全体のバランスを見て最適解を叩き出した」と言わんばかりのあいまいな対策だったけれど、人がアイディアを動かして人となにかを生み出すのはやっぱり夜の酒場だったりするし、それはなくてもいいっていう気持ちがもともとお上にはあるんだろうな、と思わずにはいられない。

愛する人が入院しても、会えないまま病院で亡くなっていく、そんな悲しいことを体験せざるをえなかった人類。つまり今は戦争と同じだから。生きていくためにはあらゆることを総動員して、自分の免疫力を高めなくてはいけない。それに集中しよう。

ミルクチャン!　よだれがすごいよ

◎よしばな某月某日

よくここで書く、近所の洗濯好きのおじさまとおばさまの話だが、今日も今日とてものすごい勢いでふたりは力を合わせてシーツを干した。アイロンの必要が一切ないほどのピンと張った状態で。

そして私は見た。

彼らが（きっと汗だくで）部屋に引っ込んですぐ、蝉がとまってる、洗濯の人たちの洗濯ものに！　2匹も！

これは、きっと永遠に知らない方がいいタイプのことだな。

「イソップ」というところのコンディショナーとハンドソープを昔から愛用しているんだけれど、流れで結局ここのSPF15の弱い日焼け止めをずるずると使っている。多少白浮きしたりムラになるんだけれど、アレが入ってないのに軽いというのが楽で。

夏場はびっくりするほど早く減っていくので買い足しに行ったら入場規制があり、入り口でフェイスシールドしか持っていなかった夫が入場を禁じられた。お姉さんがとっても申し訳なさそうにしていたので、たてつくこともせず、とりあえず私は買うものが決まってるからさくさく行ってくるね！　と夫を待たせることにした。近くにはいろいろお店があるし、楽しく待っていてもらえれば。

今の「イソップ」では、こんなご時世だから、手を洗いながら商品説明を聞くということになっている。だから各カウンターに洗面台みたいなのがついている。「ラッシュ」というお店みたいな感じだ。私は待つ用のベンチで待っていた。となりに後からご夫婦が入ってきた。

「とりあえず手を洗うってことかな」「そうね洗っときましょ」とふたりは猛然と目の前の洗面台で手を洗い始めた。

「ああっ、お客さま、お客さまたちが手を洗われる順番は、２番目でございます〜！」とお姉さんが私を見ながらやってくるも、ふたりは泡だらけなのでとりあえず洗ってしまってから待つことになった。

そこで最初に接客してくれたお姉さんが私のところにやってきて、「お連れさまをお待たせしているので、もしお決まりのものがございましたらすぐにレジにご案内します」と言う。

「なんかうらやましくなっちゃったから、手を洗ってもいいですか。私が買うのはセージと亜鉛の日焼け止め2本なんですけど」と言ったら、「どうぞどうぞ、そのあいだにお包みしておきますね」とお姉さんは言った。

なので、「イソップ」のハンドソープの使い慣れてない方（スクラブが入っていない方）の香りをためそうと手を洗ったのだが、その水の冷たさといい、いい香りといい、きれいなタオルといい、外で手を洗うってこんなにも、こんなにも！　さっぱりすることなんだ！　と感動してしまった。まるで全身シャワーを浴びたかのような感じ。

そうか、外でトイレに入って手を洗っても、家について洗うときも、感染とかそういうことで頭がいっぱいで、手を洗うために手を洗うってこと、最近なかったよなあ、としみじみする。

タイ料理屋さんのイカす看板

若さゆえ

◎今日のひとこと

20代からのつきあいの友だちと海に浮かびながら、「この年になったら、もう来年のこともわからないし、もうただ生きてるだけでいいよね」としみじみ言い合いました。

彼女も大病をしているし、私もいつもよれよれで、しかも若い頃は夜も寝ないで遊んでいたので、お互いのどんな汚いところも性格の悪いところも知っています。

だからそれをむきだしの丸出しにしたまま、そのままでしゃべっているのです。

本音としか言いようがないそんな会話をするようになるのにも、たくさんの時間が必要

ぽつんと一軒家!

なのです。

いつまで会えるかわからないし、いつ会えなくなるかわからないね。

ほんとうにそう思えていたら、だれとでも風通しのいい関係が作れると思います。

いくら根に持ったって、もうあとたかだか数十年だし。

前、近所に住んでいた知人が引っ越すとき、いきなり「実家に帰るのでこちらの全ての人間関係をリセットすることにしたから、もう連絡しないでください」というメールをよこしたことがあります。

今の私なら、そうしたいんならしょうがないですね、と普通に思い、「あ、そう、了解。お元気で！」で終わるのですが、そのときはまだ若かったから、特になくてはならないような人でもなかったけれど、あまりに急だったのでハガキを出してみたり、メールを書いてみたり、自分になにか悪いところがありましたか？　と聞いてしまったり、してしまいました。

もちろん返事はなく、風の頼りでまた東京に戻ってきたとかいうのも聞くのですが、ばったり会わない限りもう会わなくっていいかなと普通に思っていて、特に傷ついたということもなく。

ただ、「変な人。そんなメールをわざわざ出さなくってもいいのに。だって近所の人だったんだから、土地が離れたら自然に離れるし、メールが来たらあたりさわりのないことを書いていればそのうち途切れるに決まってるし、なんだか……悪意を感じるよな」と今となっては思います。

若いって、そういうことがわからないっていうことでもあるんだなあ、としみじみ思います。

それでも、その人のことを思い出していやな気持ちになるでもなく、生きてるならよかったと思うので、その程度でいいんです、人間関係ってきっと。

近所の家を守る小さなシーサーちゃん

◎どくだみちゃん

帽子

海にいる時間が長いと、泳いでいても帽子をかぶる。

頭のてっぺんが陽に焼けるからだ。

で、顔は鼻の下まで水につかっている。

そして鼻呼吸をしている。

全身の力をほとんど抜いているので、全く疲れない。

あまりにも長い時間泳いでいるので、監視員がたまに見にやってくる。

でも全く疲れていないので、なにも言うべ

きことはない。
ただ泳いでいるだけです、と言う。

友だちの帽子が、少し遠くで揺れている。
同じ感じで泳いでいる。
たまにちょっと近くに寄って、会話をする。
またてきとうに泳ぎに行くから離れる。
しばらくいっしょに泳いだりする。
あ、そろそろ上がる方向性かな、と思ったら、近くに行っていっしょに浜を目指す。
足のつくところにたどりついたら、しばらく温泉につかるように立ち話をしたり。
つきあいが長いってそういうこと。

　山の上をくるくる回っているとんびから見たら、
私たちの帽子がたまにゆっくり近づいたり離れたりするのを、
自然だな、と思うだろう。

ちらほらと花びら

◎ふしばな
気にしない

たくさんのすばらしい作品を書くポール・オースターさん。

私は2回会ったことがある。

2回目はいい、日本での対談で、柴田元幸さんが通訳をしてくださった。

問題は初対面のときだ。

ブルックリンで暴動騒ぎがあった直後、割れた窓ガラスも生々しいNYに、対談本のために会いにいった。

いっしょに行ったのは当時リトルモアの社長だった竹井さんだった。その本の版元な上に英語がペラペラな彼だったが、見た目がすごかった。

いちばん激しい見た目だったときの竹井さんは、パンチパーマ、雪駄、ちょび髭の華麗なるヤーさんセットであった。

今の世の中なかなか難しいと思うが、実際ある時期の彼は、ああいう事務所のひと部屋を間借りしていたし。

無邪気に遊びに行って、デカい掛け軸や虎の皮の敷物や天狗面や鎧兜があるほんもののああいう事務所を通り抜けたドキドキを、一生忘れない。

ああいう場所には、どのような用件で誰と行くかが、全てである。

もちろんバリの兄貴の家だって、その雰囲気と決して無縁ではありません（職業的には無縁ですが、なにせ元暴走族だから）。

いずれにしても別の要件で訪れなくていい人生で、ほんとうによかった。

ポール・オースターさんも、私のエージェントだと言ってやってきた彼を見て、OH、ジャパニーズヤクザと思ったはずだ。

でも落ち着いて対応してくれたし、分け隔てなく奥さまと息子さんを紹介してくれた。すばらしい人物（悲しいことに2024年に亡くなりました）だ。

ちなみに元ブルーハーツの河ちゃんが竹井さんを見て、「あの方が事務所の社長さんなんですね、吉本さんも、大変ですね」と優しく言ってくれたことも、一生忘れない！

若さってすごい。

だって、パンチで雪駄の兄さんと、見るからにSMに関係ありそうな姐さんと、3人でNYに行ってポール・オースターとかマキシ

「GOZO」のハンバーガーはおいしい

ムのシェフに会っちゃうんだもん。それで3人でジャズクラブに行って、いい気分で並んで歩いて帰ってたんだもん。

やっぱり、人の目は気にしないでいられるということが、人生でいちばんいいことなんだな、と思う。

◎よしばな某月某日

いとこたちの介護についてインスタで書いたら、理想的だとか仲のいいご家族なんですねなどなど、いろんないい感じの感想をいただいたのだが、そういうことでもなくて、ただ、ほんとうに仲がいい家族だっただけ。

3人の子どもたちもおじさんもずっとおばさんが好きで、おばさんもそれを充分わかっていて、でも少しつれない感じがまたみんなを安らがせていた、そういう家族。

だからおばさんが認知症になったときも、当然全員が協力して顔を出して、負担とかでもなく、好きだからいっしょにいる、できることをする、そういう感じ。

みんな賢くて、臨機応変にいろんな方法を考えて、話し合って、普通にけんかして、でも頼りあって。なかなかないバランスだと思う。

おばさんが亡くなりそうになったので家に帰っていると聞き、連絡を取ったら、長女のいとこがいきなり言ったのは「いや〜、カバ子（次女、ほんとうにこう呼んでいる）がおやじにワクチン打たせちゃってよう」、この会話のありかたが全てと言えよう。

「この家に住んでないの？」と聞いたら、「いや、近くに住んでる、私は通いの家政婦」と言っていた。通いの介護を何年も何年もして、おばさんを見送った。その姉がいれば、カバ子も年老いた両親と暮らす重みを感じなかっただろうと思う。

一度そのカバ子がイギリスに住んでからヴエジタリアンになって帰ってきて、実家で作る料理が野菜料理になったときも、姉であるいとこは「だから昨日実家に行って牛肉をジユージユー焼いてやったんだ」と自慢していたっけ。

すごい夕焼け雲でした。空が全部まっ赤で

失われた感覚

◎今日のひとこと

ロケッティーダ夫妻[*17]（立花ミントンさんとタイラミホコさん）が、アジアの人たちが多い地域でお店をやっていて、夜中に仕事を終えたミャンマーの人たちが思い切りにんにくの効いたなにかを炒める匂いがしてきて、つい深夜までやっているミャンマーのお店でお弁当を買っちゃうよね〜、と言っていて、この感じ懐かしいなあと思いました。

　お互いさまで、どっちもどっちで、なんとなくごっちゃになっているからこそ、殺人とか死に至る暴力とか、なにかほんとうにとんでもないことが起きたときに、互いに気づけ

フリージアたち

るというか。

先日、近所のおばさまが「家に大きな木を植えるなんて間違ってる、木を切れ。実をならすな、葉を落とさせるな。でも骨折はお大事に」と言いにきてびっくりしたのですが（はみだしてない限りは個人の資産だと思うんだけれど）、なのでその家にかかりそうなところだけイヤミに切ったのですが、そして「おっしゃってくだされば、うちからもしも風向きで葉や実が落ちたときには掃除しに行きます」と言っておいたのですが、人の家の庭の木に実をつけるなというところまで来たか、この世は、しかも相手はおばあさんなのにと思ってかなりびっくりしました。

ぎりぎり戦争を体験し、庭に果実のなる木を育てていた世代のはずなのに。

その近所のおばさまの隣の家のおばさまは逆ざあますで、「お好きなようにお植えなさい、実くらい落ちてもいいざます、あなたのおうちの木は内側に向かってるじゃない、わたくしは昔びわの絵を描いたんですのよ」と言いに来たりして、かと思うとその裏の家の木はどんどん私の家の中に入ってきて、その分だけちょいちょい切って互いに黙認だったりして、ますますなにがなんだかわからないのですが、まあ、いやだいやだと言い合いながら、そこそこ互いを大目に見つつ、なんとかなっていくのでしょう。

誤解されやすいのですが、ざあますや潔癖がこの世から消えたらいいと思っているわけではないのですよね。そうなりゃ楽園だ！　というふうには全く思ってないです。いろいろな人がいて有機的にうごめいているからこその人類です。

ただ、互いの存在を認めないその感覚がタイトになるほど、人間は暮らしにくくなるんじゃないかな、というさじ加減の感覚なんです。


そんな私も喫煙可のお店には行けなくなって久しいんですけれど（人の家でその人が吸うのは全く気にならない、量が問題）、いつか、エベレストのふもとでホテルの人たちがいくら吸っても空気がきれいすぎてそして薄すぎて、全く気にならなかったのを覚えています。

空気が汚いから、煙が気になる。

精神状態が悪いから、人の家の物音が気になる。


大きな木を忘れてしまったから、大きな木が迷惑に思える。

そんなところじゃないかなあ、と東京の片隅で思うわけです。

たんぽぽの海

◎どくだみちゃん

力を抜く

海に入って、全身の力を抜いている状態だと、ちょうど顔は鼻の下のところまで水に入る感じになる。

手と足は交互に3秒に1回くらいゆっくりとちょっと動かす。

それだけで浮いていられる。

それ以上なんの力もいらない。

流れが強いときは、少しだけ多く水をかいているようないないような。

何時間でも立ち泳ぎを続けられる。

そして陸に上がると、重力の恐ろしさを知る。

どれだけいつも体に力が入っているかを思い知る。

どうしたものかと思いながら、最低限の筋力で、地上もなるべく泳ごうと思う。

線路脇のふじ

◎ふしばな
ごく普通の

SUPER BEAVERの渋谷さんのご実家が中華料理屋さんだというので、熱狂的ファンのミントン、ミポリンのロケッティーダ夫婦といっしょに行ってきた。

お父さんの完璧な町中華（ただし処理は全てていねいで、味つけもすばらしい）にすでに感じる誠実さ、そして働くお姉さんの判断力、料理のたびにお皿を替えてくれる惜しみなさ。

ミントンさんがお姉さんにミントンさんの入れたSUPER BEAVER刺青を見せに走って行ったら心配してさりげなく様子を見に行くお父さん。ひとりで来たファンの人を、話をして大丈夫な人と思ったら予約なしでも入れてあげるお父さん。

なんて当たり前の普通のことを、息子さんのバンドが大ブレイクしても失わないが、ちゃんと用心して判断している。

渋谷さんのバンドの人たちの泣ける仲の良さも、意に沿わない活動を強いられたときに真っ向からメジャーをやめて立ち向かったことも、お父さんが「どこに出しても恥ずかしくない自慢の息子です」とドキュメンタリーで言っていたこと（そこを観て私は泣いた）も、エッジの効いた精神性から繰り出される前向きな歌詞も、納得いきすぎる。

この時代に負けないでほしい。私も負けないから、と思った。

真っ向すぎて真っ当すぎて損ばかりしているロケッティーダ夫妻も、決して負けないと信じている。

いい組み合わせ

◎よしばな某月某日

LINEブログ[*18]にはこの黒い流れを少し書いたのだが、某代官山のサンドイッチ屋さんの後にできた洋食屋さん、とにかく高価（材料に制限がないゆえで、儲け主義では決してない）で、そして味は玄人好みのプロのおいしさだが店舗経営は超素人で、オードブルとノンアルカクテルの２４０００円のコースが出たときには度肝を抜かれた（勇気と予算がなくって予約できなかった。結局緊急事態宣言で、秋に延期になった）。

13時半に予約しても、前の部の人が食べ終わってなくて、14時に入店。でも、無理もない丁寧さでギリギリ納得。オーダーは抜け抜けで、がんばって！　という感じ。

でもかまわない、乙女の夢の店だから。いつかふらりと行けるくらい空くといいな、ってくらいしか、不満はない。店はバランスだから。

なんとも80年代なお店。

近くにある某有名な服屋さんの前で、店の

牛もいっちゃんもすばらしい姿

人たちが話し合っている。なんで人をこんなにお店の前で待たせるのかしら、何回言っても変わらないんだから！　迷惑ね！

でも、まさに80年代ど真ん中のそのお店と、客層は丸かぶりなのに、そこまで？

共有通路なのに？　待ってる間にのぞく人が少なからずいそうなのに？

あまりの謎さに首をかしげた。

80年代にはありえなかったこの組み合わせでの違和感ある出来事に、令和を感じるう！

それだけで、どっちがどうとか誰が悪いとかちっとも思っていません。

そう言えば、Ｔｗｉｔｔｅｒで未来から来たっていう人が、令和の次は万至だって言ってたけど、当たるのかな（笑）。

おつまみの世界

◎今日のひとこと

とにかく炭水化物が好きでした。私の体型を見たらわかると思うのですが。

そして「ビールを飲むとおなか一杯になるから」という人の気持ちがわかりませんでした。ビールは基本大ジョッキで3杯くらい飲んでましたし。吉本家の英才教育です（他のジャンルであってほしかったような）。

でもさすがに55過ぎたら、そういう人たちの気持ちがわかってきました。

ビールは2杯くらいで満足する日が自分に来るなんて！

八丈島のこんもりした緑

〆のラーメンは無理とかいう意味が全くわからなかったのに、わかるようになってきました。まさに加齢です。

炭水化物の喜びが奪われたその代わり、新しいすばらしい世界が目の前に開けていました。

それはおつまみ界です。アペロ、アペリティーボ、前菜などに言い換えてもらっても全く差し支えありません。

昼はわりとがっつり麺類か米を食べて、夜はおつまみと酒で米をほとんど食べなくなってから久しいです。

私は夜中に仕事をするので眠くならないのもいいです。

家族はおつまみしか作らない私に困っていると思いますが、いいんです。おつまみは味が濃いからそれで米などを食べてくれれば。

私にとって、おつまみ界の神様はケンタロウさんとツレヅレハナコさんです。

おふたりが不動の同率1位で、このおふたりの世界にはいつも夢が広がっています。ストイックじゃなくてかつ楽なところが最高なのです。

トラネコボンボン[*19]さんも好きなんだけれど、私にはちょっと料理技術が追いつかない。悔しい。

これから老後に向かっておつまみ界が私を支えてくれると思うと、ほんとうに幸せなので、肝臓を大切にしながら飲み続けていこう！　と思っています。

小さくたくさん咲いていた、八丈島で

◎どくだみちゃん

最後の夜

いっしょに飲みに行った回数はどう考えても300回以上だと思う、30年間で。

会った数だけ飲みに行っていた。

「少し調子がいいから、ビール飲んじゃおうかな」

と言った激やせの彼女がそんなにもう長くないかもしれない、と思ってしまうのを、何回も打ち消した。

内臓の病気じゃないよね？　違うわよ、ほんとうに違う、脚なの。という会話を何回もくりかえして。

でも、疑いは晴れることがなかった。

本人が否定するから、それ以上どうにもできない。

でも、きっとこれから彼女は実家に帰って、闘病して、たまに会いに行くんだろう。うまくすればきっと何年も生きられる。10年だって可能かもしれない。

高知は遠いけどせめて会いに行けるのを楽

しみにして行こう。

心の中でそう思っては不安を打ち消していた。

現実はもっとたいへんなことになって、数ヶ月後、私が倒れている彼女を発見して、友だちといっしょに救急車を呼んだんだけれど。

乾杯して、おつまみを食べて、しゃべって、トイレに行くとき段差を越えられない彼女を支えて。背中を貸そうとした私に、「そこまでじゃないよ、ちょっと手を貸してくれたら大丈夫」と彼女は言った。

あのとき、「ほんとうは内臓の病気だよね」と斬り込めたら、あるいは少し事態は変わっていたのだろうか。

あのとき、呼んだタクシーが来ちゃったから少し焦りながら彼女につき添って歩いた私。

日常のくせって恐ろしい。命にかかわってもそんなふうに感じちゃうなんて。

部屋まで送ってちゃんと話を聞いてあげていたら。あるいは。

でも、なぜか後悔はしていない。

清々しいものが伝わってくるから。

あなたに見つけてもらってよかったのよ、って声が聞こえてくるから。

起こったことは全てがベストなんだと、なぜだか心底納得しているから。

死にそうになってまで住んでいたかったあの片づけられない部屋は、今はもうきれいに掃除されて、別の人が住んでいるのだろう。

空っぽになったところも見たのに、なぜか

今でもあの部屋の前にタクシーを止めたら、インターフォンを押したら、あの声で彼女が出てきてオートロックを開けてくれる気がする。

開いた？　っていうあの低い声がエントランスに響く気がする。

ハワイのような、八丈島の波

◎ふしばな
ツレヅレさん

この方の、女が一人で家を建てる本[*20]を読んだのだが、ものすごくよくわかる。

私はたまたま家族がいるが、そうでなくてもやっぱりマンションには住まないように思う。マンションは実際便利で長年住んだ私だっていつでも戻りたい。それなのに、一回一軒家に住んでしまったら、もう後戻りはできないような気持ちなのだ。

たとえひとりになっても、防犯上不安でも、やっぱり「家」に住むんじゃないか、そう思っている。今の家に経済的な事情で住めなくなっても、東京の少しだけ外れに（鶴川とか国立とか国分寺とか八王子とか）引っ越して、一軒家を借りるような気がする。

動物がいるからというのも大きい。

私は死ぬまで動物と暮らしたい。だから、病院につきそってくれるシッターさんとか、往診の病院とかを確保できるお金だけは貯めておきたい。

あと、植物を勝手に植えていいかどうかも大切だ。私は家に大木を何本も抱えている。勝手に育ってくれて大木になってしまったのだ。だから、一軒家はありがたい。

動物や植物が優先順位の上のほうにない人だったら、人生設計はまるで違うだろう。ツレヅレさんの場合はちょうどよく建築家の人が近くにいていろいろ具体化しやすかったことと、おうちがアトリエでもあるので、料理しやすいキッチンをいちから作りたかったというのもよくわかる。

これからの時代は、ゆっくりと家族制度が解体していくのだろう。

ＡＩだのロボットが発達していくので、仕事が減る代わりに、過酷な労働は減っていくはずだ。だからそれぞれが自分の家なり部屋なりを持ち、行き来して助け合い、その中で行政のサービスを利用しつつ、なんとか看取る人を確保できるか、できなければ連絡のネットワークだけはある、という状態であれば、結婚しない人、しても子どもを引き取って実家で育てていく女性も増えるだろう。あるいは同性婚で同居して、養子をとる人も増えていくだろう。多様な形にゆっくり変わっていくはず。それはもうお上がどんなに洗脳しようとしても止められない流れだと思う。

大家族なら、確かに意味がある。でも核家族になった今、家族がいれば死ぬまで孤独じゃないという常識のウソにみんな気づき始めている。

で、ツレヅレさんに戻るが、ほんとうに簡単で満足できてひとひねりあるすばらしいおつまみばかりなので、読んでいるだけで酒が飲みたくなる。

そして編集者出身だから、食への感覚や行くお店の種類がとても近い。

一回でもプロの料理人としてお店での仕事を経験してしまうと、その手順の常識がくつがえせなくなるのは、お店だったら超あたりまえかつありがたいことなんだけれど、毎日ごはんを作る家ではそこまでできないものだ。そんな私たち（たち？）に最適な本をたくさん出してくださっていて、ありがたや。

彼女が若くしてご主人を亡くされたとき、最後までおいしいものを食べたがって、自分が食べられなくても食卓が淋しいからふたりぶん作って、と言った話には泣けてくる。最後まで食いしん坊気分の人なんて。

いいじゃないか、彼氏を作ろうと家を建てようと、自由じゃないか。そんなきついことがあった人生なんだから、と、彼女に批判めいたことを言う人たちには思う。地獄に落ちるぞって。

そして彼女の本を読みながら、しみじみと思う。

オープンな場所で、ちゃんと人を見る目があって飲んでいる人の平和を守りつつ、おいしいその家だけの味を食べさせてくれる個人経営のお店。そこで飲むことは、人生のもしかしたらトップに近いところにある喜びかもしれない。そしてひとつの文化なのだ。

守らなくてはいけなかった。でもお上は守る気がない。むしろいちばん最初に切り捨てようとしていた。

もちろん感染症の問題は深刻だが、対策しながら守ることだってきっとできたはずだ。でも、全くその価値は重要視されていなかった。

この世の楽園、人々が唯一今日の荷物を下ろせるところを築き上げてきた全ての店に、深く深く感謝を捧げ、その文化が続いてくれることを切に願う。

一瞬で溶岩と灰に飲み込まれたあのポンペイの街にさえ楽しそうな居酒屋があったのだから、まあ、大丈夫だろう。

いろりのあるカフェ

◎よしばな某月某日

某ピックの会場と宿舎の間には距離がある。そこで選手を運ぶとある乗り物が必要となる。その乗り物を運転するには資格が必要だから、日本中から数日間とか1ヶ月間とか、その人の状況によって期間がまちまちの大勢の運転人がやってくる。数百万人が地方から東京に来ていた。

その人たちを泊める宿泊施設の方はかなりてきとうで、全部素人のバイトによって成り立っている。ホテルのフロントを1回もやったことがない人がやっている。お酒は禁止ということになっていたけれど、もちろん毎晩みなさんガンガン飲む。コンビニに買いに行って。

その人たちは宿泊施設のほうも、運転のほうも、ワクチンも打ってないし、検査もしてない。ただ熱を測って消毒しているだけ。

そんな人たちが同じ建物に泊まり、そのへんに好きなものを買いに行きつつ、毎日世界中から来た選手たちをひとつの乗り物で運んでいる。会場内の循環もしている。

そして任期を終えて地方に帰っていく。

国がやっているこんなことの一方で、県をまたぐなとか愛する人を殺したくなければ出歩くなとか言われても、ナンセンスとしか言いようがない。

かといってむやみに出歩いたり飲みに行ったりしてないが、ほんとうにバカバカしいなと思う。

なので、夕方人がいないときに、生ビールとつまみだけで飲んで、すぐ帰る。

家でつまみを作ってさくさく飲む。

そうやって充電して、なんとか無事にやりすごすしかない。

ニュースとかワイドショーはうそばっかりだから、全く見ないで。

見事な景色。流人たちも見たのだろうか

なしくずしあるいは進化

◎今日のひとこと

最初、オーブントースターが壊れたのです。タイマーをいくつに合わせてもすぐ切れてしまうようになって、その動画を撮って修理に出しました。

そうしたら「これはもうどうしようもないから、最新式のではないけれど、旧型と交換しました」と全くの新品が帰ってきました。

つまみの部分など、ちょっと改良されている。

さよなら、長年親しんだバルミューダくんよ。

次に、14年もののレンジの中から加熱するたびにゴムが燃えるような変な臭いがするよ

島ずし

うになりました。謎のムラ温まりも見られます。

そこで、レンジを買い替えました。子どもも大きくなったし電鍋もあるから、ひとつ小さいやつに。

小さくてもかなりしっかりしていて、機能も盛りだくさんでした（まだ使いこなせていないくらい）。

前のやつは奥の方に剝き出しの原子炉みたいなやつ（絶対違うけど、イメージ上の）があってなんとなく怖かったけれど、新しいのはのっぺりしていてムラもなくなりました。家電の進化を感じる～。

コロナ禍だし、ワクチンに対しても慎重派なので、海外からの人たちを迎えることはあっても、数年間自分だけはまだ出られないかもしれない。そう思って、引きこもるにはとりあえずペットボトルと飲み水のゴミの量がすごすぎると思い、炭酸水を作るやつ（簡単で安い方）と、浄水器を買いました。驚くほどゴミが減ってびっくり。

そしていざというときのために備蓄分の水を用意するようにしました。

ここまで来ると、食品や飲料のストック部分の整理整頓もしようと思うのが人情というもの。

緊急事態宣言下でまだまだお店は酒を出さないし、延長しそうな感じもある。ワクチンを打ってないと入れないお店なども登場する可能性がある。

長年飲んでなかったジンとかウィスキーもこの際とばかりに取り出して、あまり最近お酒を飲まないので、食事どきにうんと薄く割って飲めるように酒瓶を並べました。さらに最近コーヒー派になりあまりお茶を飲まずに（冷たいのはいつも作っているけれどポットがいらない）過ごしているので、並べていたきれいなポットはみんな棚の中に。

このへんで気づきました。ヤバい、全部の体系が変わりつつある。ただ、どこに向かっているか自分にはうっすらわかっている。

もっと家にいられるようにして、さらに、食材を買いに行くのを時間に余裕のあるときに楽しみに行けるだけにするために、悩みに悩んで小さな冷凍庫を買いました。霜取りしなくちゃいけない面倒なやつですが、これで、肉や麺をストックすることができます。これまではいつも冷凍庫がぱんぱんで、やむなくまだ食べられるものを捨てたりしたこともありました。

おいしいのももちろんありますが、レトルトっていうもの全てに「薄い粘り」を感じます。それがあまり好きではないのです。

パンも冷凍してしまう派なので心配したのですが、小さい冷凍庫で事足りました。

コンビニで冷凍麺を買ってきて入れて、空腹時に食べる幸せったら！　私はそれを手に入れました。

よくいただく塩やそうめんなんてもう3年分くらいあるので安心。

というわけで、人生半ばを過ぎてネオ台所ができあがりました。

今の自分と時代に合わせた大改造。

ものすごくエキサイティングでした。

小さい子がいてお弁当を作っていたときの

自分から、アップデートしたわけです。

いかに過去にしばられていたかも、よくわかりました。

なぜかバスの中に作られていた読書空間

◎どくだみちゃん
残りかす

めったに行かない場所を、タクシーの運転手さんが近道をすると言って通った。

古い古いおもちゃ屋さん、もうあるはずのない佇まいの。

それが看板もなにもかもまだ全く同じ姿で商店街の中にそのままあった。

子どもが5歳のとき、ほんのしばらくだけしていた習い事の帰りに、いつもそこに寄っていたのだ。


あまりに同じだから、一瞬、気が狂いそうになった。

なんで私の隣に子どもがいない？

あ、そうかもう大きくなってバイトに行っ

てるからだ。そうか、もう親も死んだんだっけ。そうだそうだ、今は今だ。

私の目には反射的に涙が浮かんでいた。

今、不幸なわけではないのに。

まだ涙が残っていたんだ、このことではさんざん泣いたのに。


遊びに行った先では、まだ小学生の男の子がいて、いっしょに遊んだりおしゃべりしたり。

両親はちびっ子のエネルギーに疲れ果てていて、でも壁には子どもが描いた絵がたくさん貼ってある。家のリビングを覆いつくす児童書やおもちゃや工作作品。

こんなときは実はとっても短いのだと、いくら伝えても伝わらない。

伝わらないことが幸せそのものなのだ。

くさや

◎ふしばな
うちで踊ろう

外食をしないということは（早く家族が揃ったときにはしてるけど）、選択肢が減るということだ。

配達のものってあんまりおいしくないから、お弁当とカレー以外は取らない。そうすると必然的に簡単になにか作って食べることになる。家でごはんを作れるのは基本私だけだから、ほんとうにてきとうにちょっと焼いたり蒸したりする。

でも、とことん飽きたのだ。家でちゃんとした晩ごはんを食べるという行為に。

なので、つまみしか作らないことにした。それで米を食べてもらう作戦についてはもうたっぷり書いた通り。

酒の量が増える問題に関しては、ビールとノンアルビール、薄～い割りものなどできれいに解決した。歳もある。

これまで自分に重く重くのしかかっていた、メニュー考えなくちゃ問題、買い物に行かなくちゃ問題の多くが、宅配野菜を大きなサイズにしたことと、小さな冷凍庫の登場により解決した。そして週に1回はリハビリに行くついでにその施設の近くで肉や豆腐を買える。

いつのまにかすっかり変わっていた、生活の仕方が。

これはコロナ禍で食事作りに飽きた自分に勝手にシフトしただけだ。

そして家の中を見ると、なぜか家族も気楽になっているのである。

やっぱりむりはよくないな、ということだけ、心からわかった。

勝手にすればするほど、ストレスがなければないほど、うまくいくものなのだ。それでもし文句を言う人々だったら、専業主婦と結婚しなと言って別れればいいのだ。悲しいけれど死ぬわけじゃない。

ひとり暮らしになるべきということでは決してなく、基本の構えをひとり暮らしに置いていれば全てが見えてくる。

ただ機械や道具に頼るということではなく、買いだめをするということでもなく、考え方を変えただけ。

そうしたらいつの間にかキッチンの景色が全部変わっていた。

こういうものなんだな、としみじみ思った。

冷凍物がたくさん送られてきたからなんとかしなくちゃとか、ワインを開けちゃったから明日も飲まなくちゃとか、アルコールをあまり飲み過ぎたくないからビールの気分じゃないけどビールにしようとか。

そういうことではなくて、今日自分がなにをしたいか。

そこに目を向けるということを、他ではさんざんやってきたし説いてもきたのに、なんで料理や食材に関してはできなかったのか。

それは、私がほぼ料理をしなかった母に料

明日葉ビール（緑色なんです）

理を作ってほしかったからなんだろうな、と思う。

トラウマで逆に自分に縛りを入れていたという、こういうケースってきっと多いんだろう。人生の半分を費やしたが、私は抜けた。誰しもがきっと抜けることができるだろうと思う。

◎よしばな某月某日

久しぶりの雅子さんとタッキーと、「OLD」を見にいった。久しぶりに会うから嬉しくて、何を言うにも聞くにも、ずっとにこにこしていた。

この年になると、自分より少し若い人たちは生きててくれるだけでいい。

あの映画の風景、ハワイかなと思ったらドミニカ共和国で撮影したらしい。ハワイアンミュージックがあんなに怖く聴こえたことはない。

あまり多くを語れないけれど、人生ってほんとうにあっという間だから、感覚的にすごく理解できた。製薬会社がお金持ちなのも。それから、プライベートビーチってすごく怖いってことも。たいていものすごい量のフナムシがいたり、とんでもない毒くらげがいたりするし。

ところで最近フナムシって全くいなくなったけれど、あんなにいたものが消えるなんて世界は良くない方向に向かってるのは確かな気がする。

いつか、イタリアで誰もいないビーチに行ったら、洞窟に住んでいる人たちが獣の目で私たちを見ていて、ぞっとしたことがあった。

こちらに男性がたくさんいるグループでよかった。でもその獣の中にはよく見たら女性もいたので、そういう意味の目ではなかった。文明に対する獣の目なのだ。

あとこれは感覚的なことだから根拠はないけれど、誰もいない小さなビーチって、霊も多いように思う。

映画が終わったら、トイレで若い女の子ふたりが鏡に向かって、「私年取ってない？」「やめて！」と言い合っていた。雅子さんの言うには、そのふたりは映画が怖かったあまりハグまでしていたそうだ。なんか、わかるなあ。

ところで、超炎上しそうだから決して引用しないでほしいのだが（というかここは一応有料部分だから本来書く必要がないことなのだが）、ワクチンって何？っていう根本を考えたとき、「移さなくなったり感染しないものではなく、自分が重症化しないもの」である。ところが一般の人はともかく、CMでまで、ワクチンを打ったら愛する人に会えるようになるみたいなことを言ってる。これってJAROは何も言わないのかなと思ってしまうほどの虚偽である。今頃、ああいう間違えた観念のもとに、地方では猛然と、ワクチンを打ったお年寄りがお孫さんにウィルスを移している。まあ、結局こうやって少しずつ免疫ができていくのだから、結果オーライなのだが。

私だってこの号が公開される頃には打ってるかもしれないが、そもそもアレルギーがすごいのでショッピングモールや外で無邪気にはできないなあ。

牛たちが食べる活き活きとした草

クスリとリスク

◎今日のひとこと

本仮屋ユイカさんは、あんなにもスタイルがいいのに、会っているときに「私はスタイルがいいんだよ」みたいな感じは一切見せません。

むしろ普通のお嬢さんみたいな感じにふるまいます。

それが息の長い芸能活動の秘訣だよなあ、と思います。

牧瀬里穂さんは、身長と服の丈とバッグの色まで全部計算されてるようにセンスがいいのに、私ってセンスがいいでしょう？　みた

ロールスロイスの中

いな感じは一切見せません。

全部スタイリストさんが考えてるんじゃないかと思うくらい、完璧なんです。

その控えめさが美と演技力の秘訣だなあ、と思いました。

いっしょにごはんを食べていると、表情のかげんでたまに目の前につぐみが出現して、惚れ惚れと見てしまうことがあります。


比較的近しい人たちの名をたとえに上げましたが、そんなふうに、言わないことのほうにこそリアルや深みがあるということを、SNSがぐちゃぐちゃに破壊したというか、とどめを刺したように思います。

いい面ももちろんあります。

街には、なるべく楽しく生きようといつも面白いことを考えている人がいるんだなあ、とわかることとか。

すばらしい才能にふと出会ったりとか。

遠くに住んでいる友だちがすごく健やかに暮らしていると知ることとか。

これまたお酒やお金といっしょで、使い方次第で毒にも薬にもなるということなんですね。

毒にするか薬にするかは、本人次第だと思います。


せっかく生きているから、なるべくなんでも薬にしていきたいなと思います。

そのためにはクヨクヨしないことと、深く考えないこと!

明日葉ラーメン

◎どくだみちゃん
ひぐま濃い

夜飲みに行っていたのは、宵っ張りのうちの子どもが酒場が大好きだったからだ。

今は友だちと遊びに行くから、私とは飲みに行ってくれないが。
だいたい3時くらいに寝る私にとって、夜10時は夕方みたいな感じ。

晩ごはんを食べてから、カフェに行くみたいな感じで飲みに行っていた。

いろんな人に怒られていたけれど、そういうライフスタイルの家もこの世にはある。怒る人って、スナックのママが子どもを店に連れてくるのにはすごく寛容だが、どこか見下している。そして私のようにただ子どもを伴って酒場にいるとよくないと怒る。

無理もないが。ちなみに沖縄ではその傾向が特に強かった。

しかし、その生活は夢のように楽しかった。

今や遅い時間に飲みに行けないから、懐かしんで書いている。

深夜までやっていた近所のバーにしかない、ひぐま濃いという黒ビールがあった。
ふだん黒ビールがあまり好きではない私だが、それだけはおいしく飲めた。
今、あの味を、酸味を思うと、あの頃の夜の長さがよみがえってくる。
最高に夜が長かったこと。
子どもと手をつないで帰る夜道や、家族三人で歩く深夜の道。
星を見上げて。
あの最高さが子どもの人格によい影響しか与えてないのは明白だ。
黒ビールが好きでない私にも、意味がわかった黒ビールがもうひとつある。
それはイギリスの田舎町で毎晩飲みまくったギネスの生だ。
あれは、特別な飲みものだ。もはや食べものに近い。
潮の香り、パイントグラスの形。
からりとしていて歴史の闇が深い土地に、あんなに似合うものはなかった。

見晴らしの湯の見晴らし

ひぐま濃いのことを思うと、最終的にイギリスの海の匂いまでしてくる。

人生というものの豊かさを想う。

◎ふしばな　街に出る

前から、用事もないのにうろうろすることをあまりいいことと思っていなかった。

もちろんなりゆきで新しいお店をチラッと見たり、予定より早く着いてしまったからと街を散策したりはする。

でも、リスクもいろいろあるよな、と思っていた。

私の場合は、日本では人から受ける被害よりも霊的（と便宜上書いておくのは、そう書いた方が簡単だから）なことが多かった。


それからたとえばサンフランシスコだと、道1本違うといる人までがらっと変わる。

「これは、大通り以外を無邪気に散歩はできないし、知り合いがいなかったらメキシコ人街とか倉庫街とかむやみに行けないなあ」と思った。知らないっていうことは、恐ろしいことなのだ。

「岬の突端を見に行こう！」なんて言われて、「遠慮します」と言えるのは、私は鈍いから高波が来たらさらわれそうだし、岬というからには飛び降りた人も多かろうとわかっているからだ。

好奇心はなくはないけれど、ちっとも旺盛ではない。

いつのまにかいてしまったところにしかいたくないし、そこに行く過程も、誰に連れて行かれたかもとっても大切だと思う。現代人はそのへんを疎かにしすぎだとも思う。

また、チャレンジャーな人というのは、そういう人同士なら冒険の日々が送れるんだろうけど、私の感覚だと「自分勝手な人」に分類される。

いざというときまわりを切り捨てて自分だけ助かることができる人。

いつかガイドさんにブラジル付近であっさり切り捨てられてびっくりしたことがあるが(スリがぞろぞろつけてきてるのに、自分も怖いからって見張ってもくれずひとりでトイレに行かさせられた)、それから誘われて出かけていった深夜のソウルで現地の知人が、現地に関しては素人の3人を残して先にタクシーに乗って帰ってしまったのにもびっくりした。


そういう人といると、どんくさい私はすぐに失敗する。命を落とす可能性さえ。

だからそういう人自体と、なるべく早めに遠い知り合いのところまで関係を薄くするようにしている。

クラブなどでも起こりがちな現象だった。

気に入った男の人と消えてしまう友だちって必ずいた。私は帰ってもいいのか、ナンパされて誰かについていけばいいのか、さっぱりわからない。たいていはひとりで夜中までやってるタイカレーなどを食べて帰ったけど。

自由に生きてほしい。でも私をその場に連れて行かないでほしい、とよく思ったものだ。

でもそういう人たちに言わせると私は気を遣いすぎだ、もっと自由にやっていい、ということになる。

そこは育ちの違いなのでどうしようもない

（自分の育ちがいいと言っているのではなく、面倒見こそが人生という地域に育っているから）。

棲み分けが大切。

というわけで、サンフランシスコに行っても、私は毎回、ホテルと当時まだ日本になかったH&Mと今も日本にないアンソロポロジーをハッピーに行ったり来たりして、決まったところでお茶をして、知り合いの店とホテルを友だちの車で往復して、一度くらいはと港沿いの観光客向けのエビの店に連れて行ってもらって、まるで東京にいるように過ごした。

それを退屈だとちっとも思っていない。だから私を山登りとか沢下りとかSUPとかアルゼンチンタンゴ教室に決して誘わないでほしい。根っからそういう人間なんだから。カヌーはちょっと好きだけど！

でも、いつかパリのサンジェルマン・デ・プレで「ディプティック」を探していたら、その近くにすごく好きな感じの服屋を見つけ、そこで買った服は薄くなったり穴があいたりするまで何年も着た。今でも1着大切に持っている。そういう小さな冒険ならいつでもしたいと思う、気が小さい私。

予想がついたら面白くないのが人生だけれど、お中元やお歳暮やレジといっしょで、だいたい同じときに同じようなものが来るのも人生というもの。

ここが濃くなり過ぎてるな（たとえばランチ外食5連発とか）と思ったら、ちょっとそういうタイプの用事を減らすのが、秘訣かもしれない。

それと同じで、街に出るときもなるべく目的をはっきり持ち、その上で余白を作ったほうがいいと思う。予定をかっちり決めてしまうと息苦しい。でもフリーにしすぎるとリスクが高くなる。間をうまく調整するのが大切だと思う。仏教の教えそのままに。

南国の夕陽

◎よしばな某月某日

ついに夢の中でも、「もう開いてる居酒屋ないかも、10時だし」と言うようになってしまった、嘆かわしい。

この問題を取り巻く全てが嘆かわしいので、もう発言をしないことにした。しない自由だってあるだろう。

で、おつまみを取り寄せては、しのいでいる。

酒が飲みたいわけじゃない。おつまみが食べたいわけじゃない。

店に行きたいのだ〜。

でも、しかたないからしのぐのだ。しのい

でるんだから、しのごの言わないで（酒も減らしてるからキレ気味）！

というわけで、ついにあの文藝春秋関係の雑誌にでっかい広告が出てる「アウトドアスパイスほりにし」を買ったときには、末期だなと思った。おいしかったけど。

流通よ、ありがとう。配達の人よ、ごくろうさまです。

ちなみにお取り寄せは、していいものとしないほうがいいものが絶対的にあるような気がする。吉牛は配達よりとりあえず走って食べに行った方がうまいっていうのと同じで。

あと、最近流行っている作り置きだが、置いといてうまくなるものと圧倒的にまずくなるものがある気がする。あと衛生面において素人には危険すぎる。そこがどうもみなさんあいまいな気がしてならない。

夫がうすら寒い夜に思い切りふとんをはいでいたので、そっと毛布をかけてあげたら、寝ているのに、服も着ているのに、両手でそうっと前を隠した。

狙ってやしないよ！　と思いながら翌日そのことを話したら、全く覚えてないが、愛猫がよくその部分にアタックしてくるから癖になっているのだろうとのことであった。私がアタックしたら激怒するであろうに、さすが猫命！　猫ヒロヨシと呼ばれるだけのことはある。

リフォーム中のボロボロの家。最後すてきに仕上がったのも見ました!

違うことは違うこと

◎今日のひとこと

　友だちから、「昔の知り合いからこういうメールが来てたけれど、あなた、ほんとうにこういう仕事やってたっけ？」みたいな感じの連絡があったので、メールを遡ってみたら、その人の言ってる仕事と全く違う内容で、人それぞれ捉え方が違うんだねえ、と友だちと笑ってそのやりとりは終わりました。

　それとは別の案件で、このできごと、どうしてこういう経過になったんだっけ？　とほんの8年くらい前の書類を調べたら、自分の生き方が全く違うことに気づきました。

きょんの背

すごい、こんなに変化するなんて。

親が死ぬ前と後の違いかな？

と思ったけれど、それよりも後のことだからどうも違うようです。

やはりあの恐ろしい体験、「親友のひとりが死にかけているのを発見、看取り。そのあと犬1猫2がバタバタ死ぬ」これが私を変えたような気がしてなりません。ある意味やけくそになったというか。てきとうに生きることに最後のひと押しが加わったというか。

なぜかそこから、急にひとりの時間を楽しめるようになりました。

前に持っていた謎の責任感とか、今は全くない。

少しでも変な臭いがしたら近づかない。

義理や恩は感じても、今それは違うとなったら違うと言える。

丸くなったとも言えますが（まわりから見たらきつくなっただけってことですが）、「治ってきた」みたいなイメージです。

荒療治だったなあ、神様！　と思いながらも、人生のページをひとつめくれた、人生の山をひとつ登ったことには深く感謝しています。

その人にとっては宝物だし、その人の周りの人は心からそれを宝だと思っているので、全く否定はしません。これから書くのは、それこそ波長が違う、そういう話です。

ある日、その人がその人の高価な宝物を持ってうちに遊びに来たら、とたんに頭痛がしてきて、その宝物にどうしても触りたくなくって、強烈かつどうしても自分とは合わないものだなってわかりました。体が拒否するのです。

強烈なものには、人を惹きつけたり元気づける力もあるから、合う合わないだけで、否定する筋合いはないのです。

ただ、その影響が骨折に関係ないとは言えないな、と私は考えていて、その人に次会うのを断りました。ちょっと時間を置きたい、あなたの宝物がちょっと苦手で、ごめんなさい、と。

その人自体は気のいい人だから、たまに会うと楽しいなって思うのですが、そして昔の私なら「気がいい人だし、会いたいと思ってくれるなら会おうかな、あれを見ると思うとちょっと気が重いけどな」と思うところなのですが、その宝物がなにかを教えてくれたというか、今はその人と会うということは違う時期なんだなと素直に思えたのです。

こういうのって、小さいようでとても大きいことだなと思います。たとえ気まずくても言いにくくても、真剣に尊重しなくては。

おいしかったなあ、かにと玉ねぎと

◎どくだみちゃん

宇宙

神さまはきっと美しいものが好き。

それは間違いない。

その美しさは見た目が整っているということではない。

自由なもののことだ。


その美しい人は、泣きながら鼻声で言った。

鼻声さえも甘い響きだった。

「称号も賞もいらない。ただ、目の前に重い荷物を持った人がいたら持ってあげて、転んだ人がいたら、すぐに体を動かして助けおこせる、そういう人になりたかっただけなの」

美しいだけに、いろんなことを経験しているし。

はたから見て、とんちんかんなこともあっただろう。

また、そんな調子のいいこと言って、実際はこうなくせに、と彼女に言うような人もきっといるのだろう。

でもその涙を、鼻水を、彼女がこれまで成

ロールスロイスの輝き

してきた自由な子どもみたいに美しいことを、神さまが大好きと思っているということだけは確かに、その場にただきらきらと降り注いでいた。

◎ふしばな
ある体験

これを読んでいる人の中にこの事件の関係者が何人かいることはわかっているので、一応お断りしておきますが、私がこの中の人たちを嫌っているとかもう縁を切っているということでは決してない。個別に心を持ってまだつきあっている人もこの中にはいる。

私が「冗談じゃない」と思っているのは、人がそうなるシステムのほうだ。個々を責める気持ちは決してない。また、その習い事(まあ、フラだけど 笑)を司っているほうの人たちはインストラクター含め偉大な師ばかりで、全く尊敬の念はなくなっていない。

私はたいていのことを迷惑がかからないように少し事実と変えて書くけれど、こればかりはかなり具体的に書かないと伝わらないので、少し事実と変えながらも、わりと実際に近い形で書きます。

父が死んで数ヶ月後、母が急にぽっくり亡くなった。

確か火曜日くらいに死んで、木曜がお通夜で、金曜が葬儀とかそんな感じだったような気がする。

斎場でお通夜を終えて、近所で習い事のメンバーが食事会をしているというので、喪服でもいい？　それからハンバーグ食べてもいい？　などというやりとりをして、そこに向かった。それぞれの人とのやりとりはとっても優しかった。何を食べてもいいよ、泣いてもいいよ、と。

みんな口々にお悔やみを告げてくれて、母の話題も特に出ず、普通の会話が行き交って、和やかに時間は過ぎた。私も気をまぎらわせたかったので、それはとても助かる時間だった。

お母様にお花をみんなで買いましたと言って、白い花をたくさんいただいた（ありがたく棺に入れました）。

ありがとう、と受け取った。

その後わりとすぐに、じゃあ、ばななさんのお母さんのお花のお金を集めます、ばななさんといっちゃんは今日の会費をお願いしま〜す！　と言われた。

そのとき（決してお金を払わないつもりはなく、なんならお礼にごちそうしようとさえ思っていた）、ああ、終わった！　という感覚が、雷のように自分を貫いた。

今終わった！　と声が聞こえてきたような感じ。

なんの脈絡もなく、いやな感情もなく。

ああ、たった今、縁がなくなった。

やめよう、やめなくちゃ、この習い事のこのクラスを。そう思った。毎週通って姉妹のようにはもう過ごせない。

母の死のせいでさえないかもしれなかった。

うまく言えないのだが、大丈夫じゃない私に、この人たちは興味がないし、想像力もない、そう感じたのだった。

いっちゃんが帰り際に「今日、私がお支払いするのは当然ですけど、さっきまで親のお通夜にいた先生からも、取るんですねえ〜〜〜！」と言ったのも忘れられない。お金の話じゃない、しつこいけど。デリカシーというかセンスの話。

みんながいつも通りにさくさく楽しそうに日常に帰っていく夜道、ひとりが急に私にかけよってきた。

目に涙を浮かべていた。

「ばななさん、ばななさん、なんて言っていいか」

そう言って、私の袖を優しく摑んだ。

他の友だちに引き止められたりもして、なんだかんだ、それから数年はその界隈にいた。でも、予感は当たっていた。

たとえ私が「あの予感は落ち込んでいたあの日の気分のせいだったんだ」と自分に言い聞かせようとも、それから次々に事件が起きて、ひとりまたひとりと疎遠になっていったのだった。

そのできごとがまた笑っちゃうような、詐欺あり、金あり、すっぽかしあり、失礼あり、とにかくすごいバリエーションだったけれど、すっかり落ち着いて、みな違う縁になった。たまに会えば笑顔で。

もう自分ではどうにもならないほどの強い流れに乗って、私はその世界から離れていった。ちなみに先生たちを尊敬してるので、フラ自体はやめていませんよ！

これからはそういう上っ面の平等とか、グループとか、そういうもの全部とすっかり縁を切らなくてはいけないということだな、と私は強く思った。

団体というものは、基本、トップに対する思いを搾取して成り立っている。その代わりにチケットが取れたり、トップの人の意見を身近に聞けたりして利害関係が一致し、初めてうまく回転していくものだ。

しかしそもそもの成り立ちが平等ではないので、偽の平等を作り出さなくてはいけなくなる。この習い事はそれがないのが好きだったけれど、クラス単位、小さな仲間範囲ではやはりそういう傾向を帯びる。

私は、お金持ちじゃない。借金さえある。いつも人にごちそうできるほどの余裕なんてもちろんない。

でも、私は私の時間を、このようなシステムに対して使ってはいけないと思った。ひとりで立って生き、平等ではないことが起きたら都度いろんな形で調整して、その代わり人に優しくあろうと決めた。

親が昨日死んだ？　そりゃ悲しいな、金ないから悪いけどおごってくれよ、でもとことん付き合うよ、話聞くよ。

ちょっと品がないだろ、本人の前で金を集めるのはよそうぜ。

喪服で来てくれたんだろ、会費を取るのはヤボだから、今日は払わなくていいことにして、次回おごれよって言おうぜ。それで実際おごってもらおう。

予算がないから花はやめといて、その代わりにおごってやろう。

これからの人生では、そういう生き方をする人たちとだけ、グループではなく個人としてつきあおうと心から思ったのだ。

お金の問題ではない。センスの問題だ。

何を優先するかのセンス。それが合う人に

だけ自分の時間をあげたい。上から目線でもない。合うか合わないかだけ。

その習い事の仲間世界にずっともやのようにつきまとっていた、「きれいな言葉、形だけの助け合い、本末転倒な感覚」それを見切ってしまったような、そんな気がした。

最後に走ってきた人とも、いったんは縁が切れた。

でもその縁はなぜか不死鳥のようによみがえってきて、今もいっしょにいる。

みんないっしょ、みんなで同じように、の世界から、たった数メートルだけ走って抜けてきたその行動だけが縁切りの魔を払った、そんな気がしてならない。

焼酎を瓶に入れて、キャップをするところ

◎よしばな某月某日

台風の中、ぐちゃぐちゃになりながら豆腐屋さんに行く。

私のあまりの乱れた見た目にふだん無口な豆腐屋さんが「たいへんなお天気ですね」と

言ってくれる。そして傘を開くまでじっと見送ってくれた。

お肉屋さんのご夫婦も「今日はタクシーで帰りなよ」と言ってくれる。

私はなぜか「ごちそうさまです、いただきま〜す！」と肉を持って帰る。

これだけのことで、台風がへでもなくなる。人間味の世界。

緊急事態宣言が明けて、買い物をしに街に出たらみんなすごく楽しそう。昨日と今日ではコロナ状況は特に変わってないはずなんだけど（宣言されたら急に大丈夫になってしまう感覚って、どうかと思う。した側は決して助けてくれないのに）、お店が開いているという状況が違うからか！

お店の人たちもみんなごきげんで、薬局でさえも優しい言葉がぽんぽん飛びかう。お店って、文化を担ってるんだなあ。

冒頭のメールのエピソードとはまた違う古い友だちに、娘さんと仕事を少しするかもしれないから、一応ママにも伝えとくね、と近況などメールしたら、とことん勘違いしていろんなわけのわからないことを言ってくる。

なんかこの間抜けた感じ、この人、そうだったそうだった、なんだか久しぶり。

こいつってこういう奴、って言える話。人が変わらないことって、なんだかいいなあ〜。

「おっと、冗談じゃない」「ええ〜と、ごめんなさい、全く興味がありません」

このふたつの言葉を声に出して言えるよう

に、いつも練習しておこうと思っている今日この頃。

私はインスタのダイレクトメッセージを見ないで（見ると気になるかもしれないから）消すけれど、よく冒頭だけちょっと読めてしまい、とんでもない仕事の依頼がいっぱいある。

ＤＭにて失礼します、無料の案件なのですが。もちろんもう見ないで消す。たとえ１００万円の仕事でも、ＤＭは見てないって１００回くらい定期的に書いているのを遡って見もしないでなにが依頼だと思いながら、でも憎むまではいかずに消す。

そんな昨今だから、とっさにそのふたつの言葉が出せないと、とんでもないことになる。

でも面倒くさいしサラッと言いたい。恨みっこなしですぐ互いに忘れたいものだ。

そんな今週、スイスにスキーに行くような、そこでも普通のコースでは物足りなくて遭難しそうな森にわざわざ入っていくような、「いざとなったらビバークしようと思ってた」などと言うような人たちにキャンプに誘われたので、山の上で集合とかなったらまた骨折しちゃう！　と思って、「日帰りならいいけど〜」としぶしぶな返信をしていて、翌日に「ここでならいいかも」なんて一応書いてみたら、「あっ、まだ生きてた、その話笑」みたいな返信があって、これまたいいなあ〜、と思った。

八丈富士の上の私といっちゃん

キャラ変

◎今日のひとこと

これからももちろん小説を書いていきます。それしかできることがないし。

でも、「これを書かないと死んでも死にきれない」ということがなくなったのです。

これまでの私は「来週にも宇宙から謎の宇宙線が降ってきて、死者が生き返るようになるかもしれん。まだ書いてないものを早く書かねば」（ウィルス設定ではなくロメロ設定）という感じの人生を送ってきました。

でも、「この人生、この程度の水準まで書けたらいいかな」というところまで、なんとかこぎつけたので、たとえその水準が「えっ、

自宅用カラオケマイク

この程度で?」というくらい低かったとしても、いいのです。基準は自分の中にしかないのだから。

19年ほど前、「子どもが生まれたらすぐさま人が変わってほっこり人間になってしまって、死とか失恋とか虐待とかどぎついことは一切書けなくなるかもしれん。早く書かねば」と思って、「デッドエンドの思い出」[21]を必死で書きました。産む3週間前くらいまでゲラを見ていたような。

あれを読んで「元ネタなしでこれを書いてるとしたら天才です」と森博嗣先生がおっしゃったこと、嬉しかったから一生忘れません。元ネタないですし。あったらヤバいですし。

そのときに、「よし、50歳になるまえにここまで行きたいというところまではなんとか書いたから、10年は育児に専念できる」と思ったのと今は同じ感じです。

「吹上奇譚」[22]という小説はライフワークですが、もっとゆるいものです（設定はぜんぜんゆるくないが）。

私はそもそも中短編作家であり、そう生まれてきたから基本それしか書けないんだけれど、その中でも「このように書きたい」と「このように書けた」の間には差があります。それから「頼まれて書いた」ももちろんあります。クオリティは落とさないようにしていますが、自分の書きたいものとイコールとは限りません。

今回のそのマスターピースというか、そういうものになったのは新潮社から出た「ミトンとふびん」[23]という小説集で、これが電子になって長く残ってくれたらもう私のこの世での役割はだいたい終わったね、と思える一致度だったので、悔いはないのです。

もしかしたら80歳でもう1回くらい奇跡が起きるかもしれないから、今度はそれを目標にしないで、いっそうこつこつ書いていくのですが。

今は小説家になっている松家仁之《まさし》さんが担当をしてくれた頃から、やはりおおよそ20年くらい、新潮社さんとおつきあいをしてきました。これからも既存の本がいくつもあるのでおつきあいは続く（続かないと困る）と思うのですが、これでいったん区切りとなると思うと、感無量です。出版社とも別れってあるんだな、だから悔いなくやってきてよかったな、と思います。

最後にいいお仕事ができて、ほんとうによかった。

信じられないくらい新鮮なかつお刺だった。八丈島でいただきました

というわけで、これまでピリピリした自分で、男社会の中を生きていくためにしかたなく男になってやってこざるをえなかった自分なのですが、自分の中の江戸っ子分量を少し下げて、九州人分量のメモリを少しだけ上げて、もう少し大らかに生きていこうと思います。プリミさん[*24]の言うところの、「初期設定を書き換えてアップデートする」です。

　それってこだわりがなければわりと簡単にできることなので、そしてそれが何歳からでもできるからこそ人生ってとってもいいものなので、自由に変わっていけたらと思います。

　それは言うなれば微調整に近くって、決して北島マヤ的なものやビリー・ミリガン的なもの（笑）ではないのです。

◎どくだみちゃん

明るい子

　その名前をつけたご両親は、ほんとうにすごいと思う。

　そうとしか言いようがない人だった。

　どんな場所でもこの人が笑っていれば大丈夫、そう思える人だった。

　大野舞ちゃんを見て明子さんのご主人が、

「あなたはほんとうに美人でさらに絵もすばらしいなんて、すごいですね」

と言った。

　舞ちゃん「いや、そんな、そんなことないです」

　明子さん「あなた！　なんでそんなこと言うの、はしたない、それにばななさんに失礼じゃないの！」

私「美人でもないし絵も描けないので失礼じゃないです、大丈夫です！」

そんなやりとりと、ご主人が煮物を食べないで揚げ物ばかり食べるときしか、プリプリしなかった人。

最後に会ったとき、「これが最後かな？う〜ん、もう1回くらい会えるかな？」と歌うように言っていた別れの瞬間のその前に、歩くのもたいへんな杖をついたご主人がトイレに立ったとき、さっと立ち上がってトイレの前でずっと立って待っていた明子さん。

きっと外ではいつもそんなふうだったのだろう。

そして駅から家まで運転して、どんなに疲れていても彼を無事に送り届けたのだろう。

その毎日の疲れ、体の痛み、病の苦しみ。

そんなものを抱いたまま口に出さずに、軽々と生きてそのまま去ってしまったあの人に、憧れ続ける。

プロテアとべろ

◎ふしばな

妻

福満しげゆき先生[*25]のまんがをほぼみんな読破して、いつも思うことをまた思った。男の人ってほんとうに社会的なことに関してデリケートなんだなあ、ということ。そして、どんなにどこをどう平等にしようとしても、男女の溝は埋まらないなあ、ということ。

これからの世代はジェンダーレスに近づいていくから、彼らはたやすくその溝を埋めていくような気もしている。でもセックスレスにもなりそう。神さまはそうやってちゃんと人口を削減していくから、ビル・ゲイツとかがわざわざ取り組まなくてもいい。むしろ取り組まないでほしい。

きっとこの魅力的な、面白い、パンの好きなすてきな奥さんから見たら、彼は見た目も含めて彼自身が思っている彼と全く違う人なんだろうと思う。そして彼女が見る彼もまた彼の一部なんだろうと思う。

こんなに正確に、魅力的な絵で日常をこつこつ描けるなんてすごい才能だ。

そして彼が正直なだけで、いくらとりつくろっても男の人はみんな多かれ少なかれ、こういうふうに女の人を見ている。遠くて違ってすてきなもの、きれいなもの、明るいもの。ちょっと性的なもの。

家族がいないとお父さんはなんにもできなくなって、また暗かった時代に戻ってしまう。

そしてどんなにうっとうしくめんどうくさく思っても、決して自分から切り離したりしない、体の一部みたいに妻を思っている。

女性はなかなかそういうふうには思えないと思う。夫を自分の子どものように思うのが限界だ。

夜になるとごはんを作ったり、子どもを育てたり、犬猫を育てたりしているとものを書くひまもなくなるし集中力も途切れるので、ひとりだったらどれだけ仕事が進むだろう、と思うときはたまにある。あと、どれだけ稼げるだろう、とか。

でも、今自分がいる場所が、自分のいるべき場所だと信じているので、粛々と生きるしかない。それでいいのだ。

永遠にわかりあえない男女の壁を、残念ながら私の代は越えられなかった。次元ごと超えるのは後世の人たち。そして今の段階でその差がわかっちゃったら、叶恭子さんやオキーフやフリーダ・カーロみたいに生きるしかないのだろう。わかっていたけれどそこまでひとり立ちの才覚がなかった私は、目が見えない時期があったり、方向音痴だったり、電車が怖かったり、いろんなことを経て、いろんな人の助けに触れている。だから弱い女性

ひとんちの手づくりラムレーズンアイス、最高

扱いされても別にいい。実際弱いし。

だからなるべくほがらかでいたいというのが、せめてもの女性性だ。攻撃力は高いけれど笑顔の多い、福満先生の妻のように。

◎よしばな某月某日

シベリア抑留のドキュメンタリーを観る。

前にも何回も書いたエピソードだけれど、また書く。

私には個人的に忘れられない思い出がある。

二十代の頃、西日暮里付近に住んでいた。飼っていたシベリアンハスキーを散歩させていたら、工事現場で誘導していたおじいさんが、「おおう！　懐かしいなあ！　久しぶりに見た！」と私の犬に向かって笑いかけた。

「飼ってらしたんですか？」と言ったら、

「違うよ、シベリアにいたからさあ。いっぱいいたんだよ。モコモコでかわいくてなあ」とにこにこしながらうちの犬を撫でていた。

どれだけの体験を経て、あんな爽やかに笑えるようになったんだろう、あのおじいさんは。

計り知れなすぎて、クラクラした。わかったようなことを言ったり書いたりできないな、とつくづく思う。


雨だし上着がなくてむちゃくちゃ寒いし、駐車場問題もここなら楽だからと思い、仕事でちょうどいた某高級ホテルにそのままいるから、高級中華でおいしいものをちょっとだけずつって感じの晩ごはんにしようよ、と呼び出し、夫とふたりで晩ごはんを食べる。

ラストオーダーぎりぎりに入ったのにアラ

カルトならいいと言ってくれて、とても親切。ただし酒はない。

「酒、酒が飲みたい。酒がないなら前菜などいらぬ」と乱暴なことを言って、いきなり点心だ麺だチャーハンだと注文し、息子にテイクアウトでチャーハンを頼み、お会計のときにそのチャーハンを持ってきてくれたお店でいちばん偉いおじさまが「この袋は本来のこのお店の袋ではないのですが、丈夫で濡れにくいのでこちらにしました」と渡してくれた。

私は「ありがとうございます！　雨なので助かります」と言ったが、しばらくしてから「待てよ、このまま駐車場に降りてくだけか、じゃ、濡れないや。別に助かりはしなかったわ」とふと言った。

そうしたら後ろにいた、お店の格調に合わせて黒服っぽい、給仕の若いお兄さんがいきなり「ぶわっはははは！」と笑ったのである。

気取ったお店の人があんなにまで素を出したのを見たのが初めてで、思わず「そんなにウケるとこだったかな！」と言ったら、まだ笑いをこらえながら、「次回はぜひお酒のあるお時間にいらしてくださいね」と言ってくれた。

あんな緊張感のあるお店で、あんなに笑うなんて。なんだか好感を持った、逆に、そう、まさに逆に！

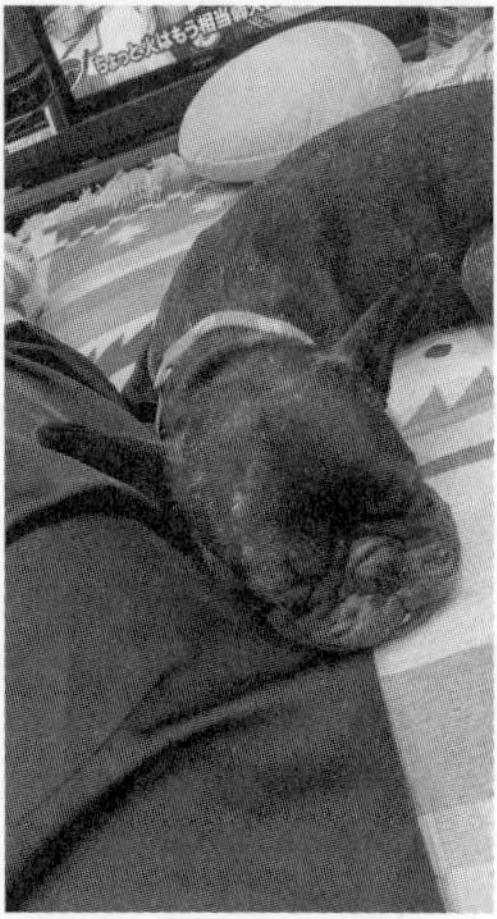
看病もだいぶ気楽になってきた様子

インチキ

◎今日のひとこと

一度「う〜ん、これはインチキなシステムだなあ。つまりこれこれこういうことだよな」とその人なり団体なりに思ってしまったら、もうそう思う前には決して戻れません。

そのことを許すか否かだけです。

私のスタンスは常に、他人のすることだしどうにもならないから許すけどもう深くは絡まない。につきます。

残念だなあ、と空を見上げて思います。でも忘れる。そして自分の好きなことを考える。時間をそこに割かない。

それでよかったんだな、ずっと昔から。

模様のよう

ずいぶん長い間、いい人であろうとして無理をしていたようだ。最近、やっとそう思えてきました。

むむ、これはインチキなのではないか？　とふと思ったとき、その目のままでそうっと振り返ってみると、これまで来た道のはしばしにインチキの影が見えて、自分は心のどこかでわかっていたんだなと思います。

じゃ、お前はインチキじゃないのか？　と言われると、インチキなところはいっぱいあるな、と思います。年配の人や地位の高い人に必要以上に媚びへつらったり。目の前で「その意見、ちっともわかりません」って言えないとか。

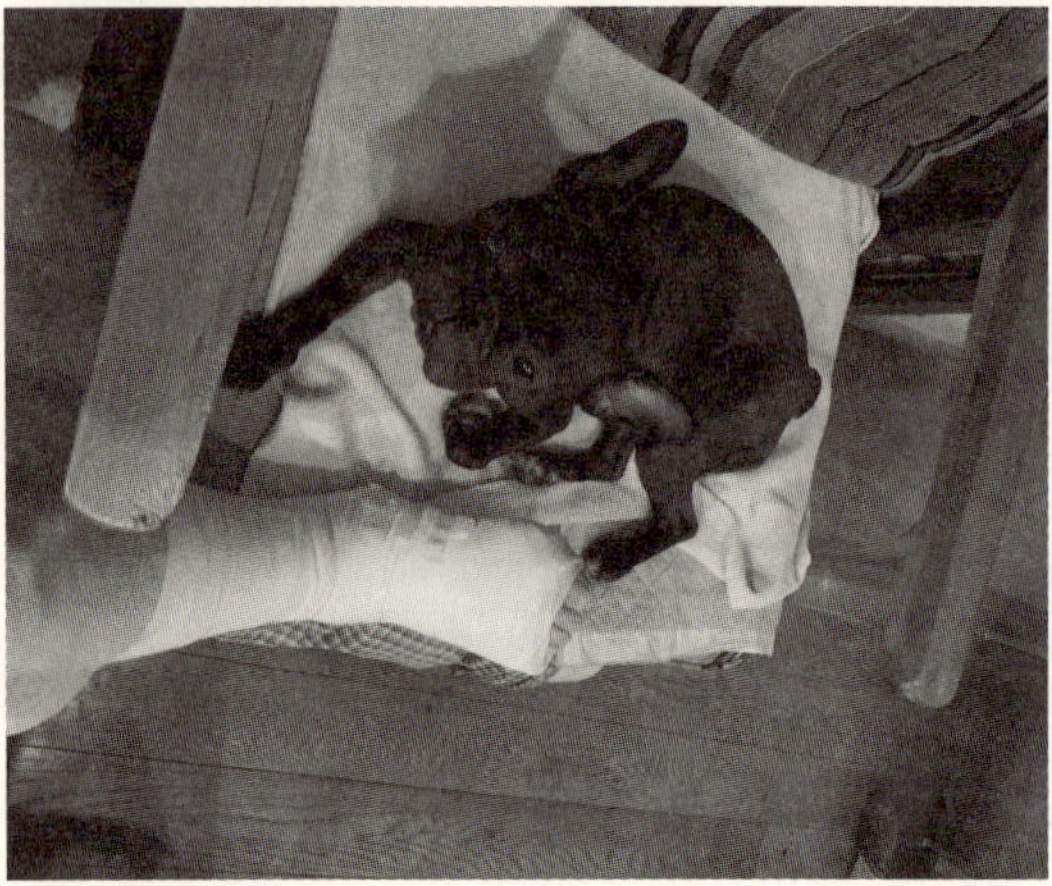

なにその足？

でも、時間をかけて考えたら、自分のインチキを減らすためにどれだけのものを失ったのか（あるいはそんなものは最初から持ってなかったのか）、そのすごい分量を思うと、よくやってきたよ、君は。と思います。それでいいのではないかなって。

◎どくだみちゃん
ダサいこと

いつも愛とかわかちあいとか言ってるのに、不幸があった翌週の人たちに自分の治療の枠をゆずってあげられないとか。具合の悪い人にただ手をさしのべることをしないで説教したり。いつ治るの？　と自分のつごうばっかり聞いてきたり。大荷物の人を雨の中ひとりで帰しちゃったり。

頼みごとをされそうになると、なんとなく声が小さくなり、また連絡しますと帰って行ったり。

にこにこと接客していたのに、口座を作らないとなるとムッとしたり。

ポイントカードをぱんぱんに貯めていったら、おめでとうでもありがとうでもなく、悲しそうに割引したり。

尊敬してるとかすばらしいお考えですとか唯一無二ですとか自由に書いてほしいとか言ってるくせに、広告の仕事ならまだしも、そうでないのにタイアップしてないほうのものについては書かないでくださいとか。

いったいなんなんだ。

そして、そういう人に限って、うらやまし

いという言葉を口にする。

　リスクを負ってみろ。人を本気で思ってみろ。自分の時間を人にあげてみろ。感謝してみろ。屋根があって眠れることに。掘り下げてみろ。自分がなぜその仕事なり人なりとい るのか。どんなポリシーなのか、どこまでは目をつぶり、どこからは徹底するのか。


　ここまで温厚な人はいないんじゃくらいに温厚なしかも損の多い私を、うらやまないでほしい。そして怒らせないでほしい。

　このままだと、一生、怒り続けはしないけれど、人間を好きになれないままだ。

　まあ、それもまた、人生だから。


　熊が出る可能性がゼロとは言えないので、鈴を持って散歩してください、と宿の人が言った。私は散歩しないで部屋で寝ていた。

　すると気が違ったみたいに、りんりんりんりん鳴らしながら歩いている人たちがいる。山とか池を見てる余裕もないくらいに。

　本末転倒、全てがそれと同じような感じ。

咲き乱れてる感

◎ふしばな
合わない食べもの

メタトロンというのを受けてみたくて、受けた。

前にタイでやったことがあるのだが、お医者さんがタイ訛りの英語で話すからちっともわからなかった。どのへんがどう弱ってるかというのがなんとなくわかっただけだった。だからちゃんとわかるように受けたかったのだった。

そのときは目がかなり悪かったけれど、今回は出なかったのが救いと言える。そして膵臓は常に要注意だけれど、この年齢にしたら深刻味はないのもよかった。

そしてこの年齢で許容とか満足の値が高いのはとっても珍しいと言われた。

「バカなんじゃ」と言ったら、先生は笑っていた。

さらに「テキーラがこんなに合う人はなかなかいない」という謎のいい点を発見。

しかし、しかし。

大好きなスイカと豚肉と大根とマンゴーの数値がうんと悪かったのは大ショックだった。

夏はスイカしか食べない私。豚肉をバカほど食べる私（バカだから）。そして大根を毎日スープに入れている私！　マンゴーに至っては最後の晩餐候補に入れていたくらいだ。

でも、言われてみたら、なんとなくわかる。好きさが異常だからだ。この異常さの中になにかがあるような気がする。中毒性とか、食べすぎるとか。

「メロンの数値がいちばんすごいし、どんな食べものよりも体に合わないですね！」先生は言った。「これほどの数値だと、一生食べなくてもいいくらいです」
なぜかメロンには執着がなく、別に一生食べなくていいから、いいや、と負け惜しみのように思った。

いろんなものをまんべんなくちょっとずつ食べるのがいちばんいいと思っている。若いときはなんでもいいけど、体に加齢の疲れが出てきたら、それがいちばんいいんじゃないかなと。合わないものでも、徹底的に避けるよりは減らすのがいいんじゃないかなと。
スイカのことを思うとまだ暗い気持ちになるけれど、来年もちょっとだけ食べようっと。
いちばんウケたのはメタトロンはロシアで開発された機械だから、変な項目があるところだ。ウォッカの種類も多いし。
チョウザメ（大）
チョウザメ（中）
チョウザメ（小）
キャビア
と分かれていたのをみたときには、「そん

照らされてる感

なに項目いらないよ」と心の中で爆笑していた。

◎よしばな某月某日

成孔さんのニコニコ動画のラジオ風放送を聴いていたら、「ジェーン・スーさんに相談なんて……しないほうがいいよ、むちゃくちゃ偏ってるもん！」って言ってて、お茶をふいた。

「ジョジョリオン」が完結した。すごく地味だったし、恋愛も思ったよりは盛り上がらなかったし、ちょっと散漫だったけれど、なんていうかなあ、荒木先生の年齢の深みそして愛を感じた。好きだった。

これはとても好きな知人にまつわる話なので、あまり詳しく書きたくないことだが、面白かったから書く。

まず、ものすごく親しい人から、身内の人のためにコメントをもらえまいか？　とメッセンジャーで連絡があった。そもそもSNSで仕事を依頼してくるのは、アウトだと思う。でも、すごく親しい人だから良しとした。

私のような個人事務所は脱税をしていないか、いつも税務署の人たちに調べられている。最も多い疑惑は「もしかしたらこの仕事、現金でもらったんじゃ」疑惑で、それがないようにものすごくクリーンにやってる。だから会計士さんには、無料の仕事は絶対しないでと言われている。それが多いほど、疑わしいからだ。

というわけで、「そういうわけで無料じゃ

無理、5000円でもいいよ」と返事をしたら、会社か個人かでなんとかすると言われた。

そうしたら担当の部署から連絡があり、額がほんとうに5000円だったのでびっくりしたが、受けた。

たくさんの人のすてきなコメントといっしょに、私だけがお金をもらってごめん、でもしょうがないから、と思って一件落着、と思いきや、ポスター的なものの案が後から送られてきた。そこには他の人のはなくて、私だけのコメントがデカデカと載っている。その形で5000円込み込みで使っていいかと言われたので、いくらなんでもそれはちょっと、それに他の人に悪いし、と断った。断ったら反省してくれたので良かったけれど、こういうダメ元案件に使われようとしているうちが華ということだろうか。

そこそこ有名で経済的にも大丈夫だから無料で大丈夫だろうと思われて久しいのかもしれないが、数千万も借金があり、病気がちの姉に仕送り、子どもの進学などでいつも自転車操業な私である。それは別に察してくれなくてもいい。でも、やはり筋というものがあると思う。35年間書き続けてきた誇りはあるのだ。頼む人は私の本を1冊でも読んだことがあるのか？　きっとないだろう。やりくちが見え見えすぎて、なんだか情けなくなる。

こういうことが起きないようにたとえば春樹先生などは直接の知り合い以外を一括で断っているんだと思うけれど、書いているもののタイプ的にそれはしたくない。私は若くて才能があってしかも自分と同じコードを持つ人たちを、金銭的にではなくてストリートで応援したいからだ。

とはいえもう還暦近くてストリートにはいられないんだけれど、心はそうありたい。

今は、SUPER BEAVERがどんなアーティストも一挙に平凡にしてしまうSONYのすごい壁を超えられるかどうかに注目している。SONYには知り合いが多いしみんないい人ばかりだからあんまり言いたくないので、小さい声で言ってみた。

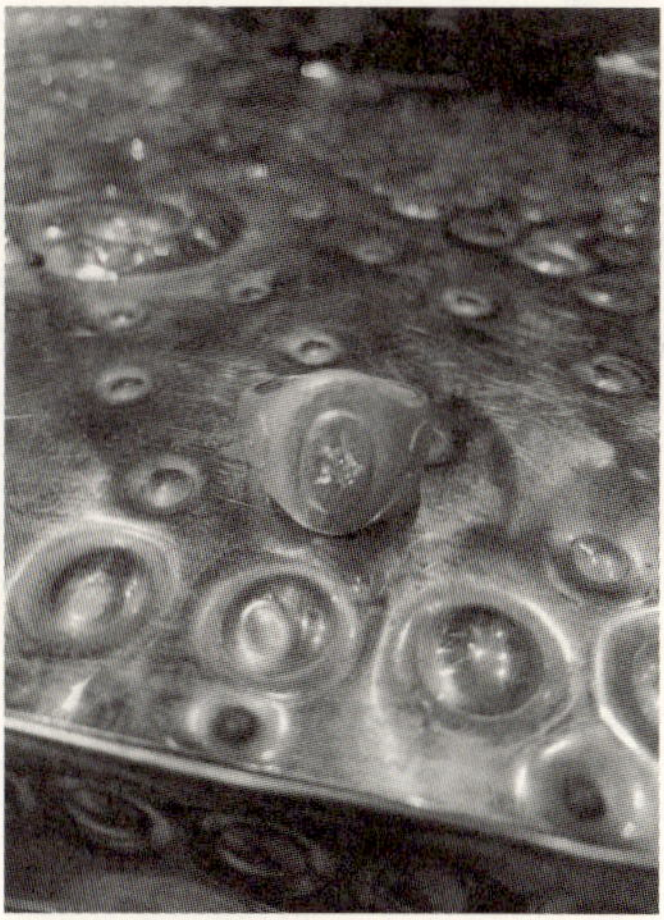

マルコムベッツのリング、私よりもむしろこのテーブルに似合ってショック!

2022年4月〜5月

杖ライフ

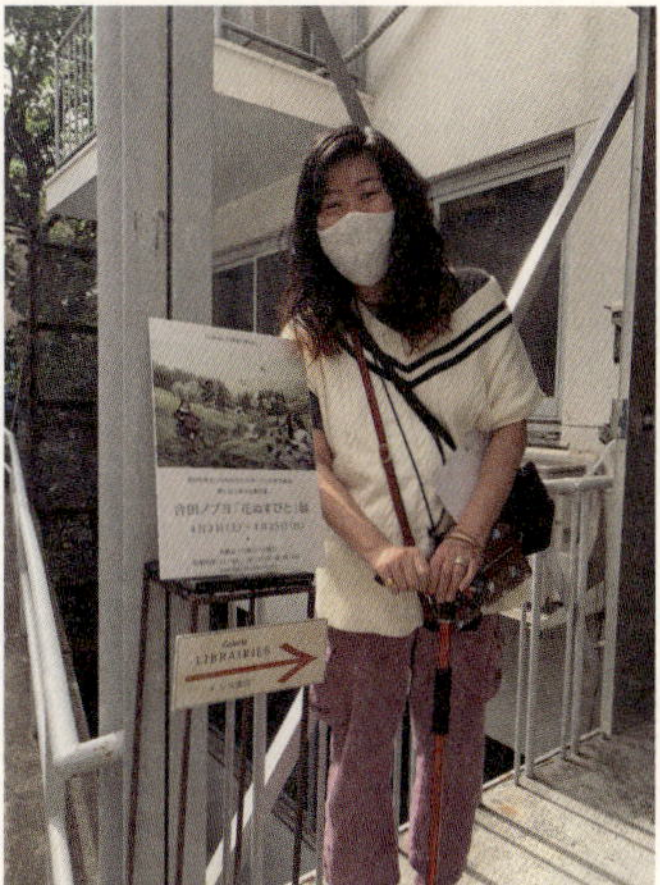

階段

◎今日のひとこと

まんがの方の「ザ・ファブル」[*26]がほんとうに大好きで、それは佐藤やヨウコがあまりにいいキャラだからだけではなく、絵がすばらしいと思うからです。いくら読んでいても飽きない。

身体能力のいい人たちにはほんとうに憧れていて、そういう人たちから見たら私って止まって見えるだろうな〜とぼんやり思いつつ、もし自分の中に佐藤やヨウコに近いなにかがあるとしたら、それはやっぱり書くことだけだよなあ、と思います。

これで生きてくしかない、みたいな。

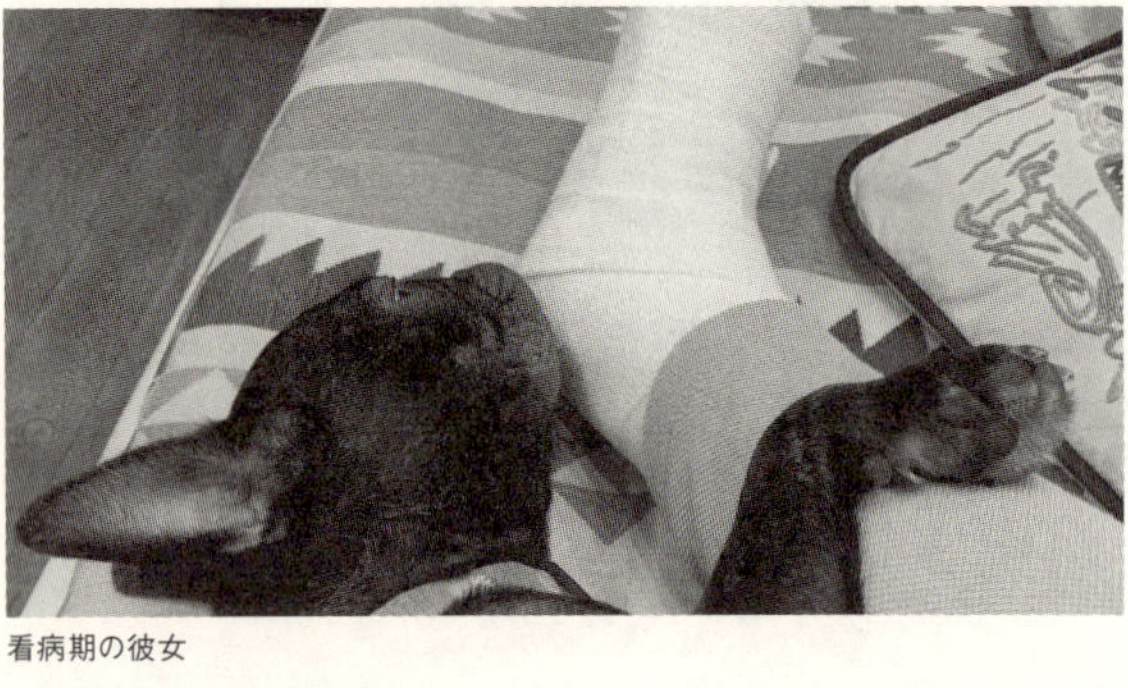

看病期の彼女

ちなみに映画のほうは、すてきだけれどやっぱりキャラの描き込みが少し甘かった。岡田准一さんは大好きです。前にお会いしたときに、「へえ〜、こういう感じなんだ！」と私を見ておっしゃったのですが、心の声が出てますよ！　&どういう感じだったんですか！

最新刊にまつわるもろもろのできごとと、無料仕事の依頼があまりにも多すぎてメンタルダメージが甚だしく、今までなんのために書いてきたのだろう？　と初めて本気で思いました。あ、なんかこれ、自分が間違ってるときのサインかも、と。

ぐちとか文句とかにならないように（特定の人物を傷つけたいわけではない、むしろ自分も自分以外も全員励ましたい）、ぼかして書きますし、なにか大きな気づきを見つけるためだけに書きます。

とにかく弱った人に小さな光を見つけてもらうために読んでほしく、力のある人にはもっと力をあげたくて、でもそんな元気風味の人たちの心の中にも生きている限り小さな澱がたまっているはずだから、それを癒すようなシステムを何十年もかけて構築して最小限の値段で提供し続けてみたものの、受け取る側に準備がなければ届くようなものではないのだな、としみじみ思い知りました。また、独自の解釈をして悪い方向にいくケースがたくさんあるのもよくわかっています。

無料依頼の業界無知な人たちを責めているのでもなく、オレの意図通りに読め！　ということでもありません。

もっとぼやっと、これほどまでに届かない

ものなんだなあ、人類はたくさんいるからなあ、というような感じです。

反面、能天気にいつか届くかもと思ったりもします。そのときは届かなくてもその人の子どもとか後輩とかには役立つかも、とか。

そう思って、カオスの中にありながらなんとか立ち直るのです。

続けてこれたのは、振り向かないこの性格が幸いしているのかもしれません。

イメージとしては、山小屋やカフェの本棚で、私が書いたということもあまり意識しないで読んだ人が、急に人生の濃淡をフレッシュに思い出して新しい目で顔を上げることができる、みたいな。

ちなみに私は春樹さんの小説でそれを味わったことがあります。京都のカフェでした。目が覚めるような、幸せがあふれてくるような、そんな気持ちでした。

自分の中では、「これだけ書いてきてこんな目にあうのか」という自分勝手な怒りと悲しみがあり、周りから見たら「まだまだ書くんだからその通過点でしょ、どうせ」であり。

それも当然です。関係者全員からしたら、「これまでもっとすごいときでも大丈夫だった吉本さんが、なぜこのタイミングでそこまで落ち込む？」というようなことだったと思います。

そしてそんなことって、人生をフラットに見たらなんでもないことなんです。深刻ではない。お湯が吹きこぼれたね、あ〜あ、と同じくらい。

　しかし、コロナと骨折と家事のボディブローで、なかなかの土台ができていたわけですね。私から居酒屋と海外を取ったらなにも残らんしのう（書いていてしゃれにならない感じがする）！　土曜日の夜にテレ東でやっている、大吉さんと松岡さんの「[*27]二軒目どうする?」を毎週本気で楽しみにしている私。居酒屋がまた始まって泣いている居酒屋の評論家（泉麻人さんのお嬢さんらしい）を見てもらい泣きしていたほどの私。

　また、側から見たら全くわからなかったとは思いますが、「今回のこの小説、もしこれこれがひとつでもこうなってこうなったら、ほんとうにアウトだな、どうかなんとかなりますように」というぎりぎりの条件で書く状況だったので、冷や汗を抑えながらやっと冷静な顔をして二次災害をふせぐ、みたいなところにいたのに、そこでがつんとじゃまが入ったというか、その上骨折もしたというか。

　長くひとつの仕事をするということのむつかしさがよくわかりました。

「村上春樹さんにも同じ依頼ができますか」「林真理子さんにもそんなふうにごちそうになりますか」というのが私のいつも説明することなのですが（先輩たちよ、ありがとう笑）、「今」のストリートにいる感が強みなので、成孔さんみたいになんでもありになってしまうのはどうにもしかたないことかもしれません。自分で選んだ道ですもの、粛々と行かなくては。

　前にこのような気持ちになったのはいつだったかというと……熱心な読者の人が自殺し

たときです。

その人が周りの人たちのあり方にどんどん追い詰められていっていることが、なんとなくわかっていたのに、周りの人たちはいい人たちでただ己を生きているだけ、追い詰める気なんて全然ないこともわかっていただけに、なにもできなくて、私の本の読者のようなタイプであったがゆえに死んでしまった。

それほどよく知らないはずの人なのに、なんでそんなに泣く？　と原マスミさんにびっくりされたのを覚えています。

あのときに、ほんとうに空しいってこういうことだな、と思いました。人生のそういう状況の解決法だけ書いてきたつもりだったのに、弱っていた彼女には届かなかったということ。

こつこつ書けば、いつか人に役立つ。

それだけを抱いて、ただただ書く。

そのことにもかなり疲れてしまい、もうむりかもなと思いましたが、まあよくもこんなに書いたよな、あはは、とも思いました。

そのアホさがまた、幸いしているのかもしれません。

だから、とりあえずやめてみることにしました。いろんなことを。

もしかしたら、もっと自分勝手に変身して（今でも充分そうだよという声がすぐ近くから聞こえてきそう）、自分のためにがつがつ書く、そんなふうになっていくための試練だったのかもな、とわずかな希望を持って思っています。

ビッグボスが野球に戻ってきたように、私

も小説にちゃんともっといい形で戻れるといいと思います。

そしてビッグボスが大きく野球に対する貢献を見ているように、私も人類の命というくくりをいったんはずして、時代の中で消えゆく活字の世界に対するわずかな貢献というふうに気分の枠を変えてみようと思います。


自分勝手に書いて、満足してすぐ忘れて、それが誰かの役に立っても立たなくても別にいいや、でも役立ったらもっと気分がいいね。

そういうふうにシフトするときが来ました。

それは多分、階段を一段上ることなんです。

代償は大きかったけれど、景色が違って見えます。

つまりはねぎ坊主

◎どくだみちゃん

あい子さん

ゴールデン街の入り口で、よく中山あい子さんを見かけた。

わりとぼうっとしていて、ノーメイクで、

服もてきとうで、ほぼ手ぶらみたいな感じで、今から飲みに行く感がなく、実にかっこよかった。

あい子さんは、自分が死んだら献体してねとおっしゃっていたそうで、実際にそうしたと聞いた。だからお嬢さんのもとに遺骨が帰ってきたのは2年くらい後だったと書いてあったような。

そういう真にかっこいい生き方死に方の人が街にはたくさんいる。

TVドラマで生きた死んだ恋した愛したと大騒ぎしている傍らで、ものを書いて、生きて、飲んで、へえ、そうなの、という感じで生きて去っていく人。

そういう人がきっとたくさんいたことを、忘れないでいたい。

みんな生きていたし、楽しんでいたし、みんな死んでしまう。

それはもうどうにもならない。

そろそろ高齢になってきたね、前みたいにばりばり動けなくなってきたね、なかなか会えなくなってきたね。

それはみんなに起きること。

それぞれがどんなふうにそれを生きていったのかわからないけれど、

ゴールデン街の前の横断歩道を渡っていくあい子さんは、よい姿をしていた。

確かに人がそこにいる、いいものだな、と思えるような。

今すぐ死んでも、もう充分にやった。

たとえこれから1冊も書けなくても、そこそこがんばった。

そのとき、そんな姿を自分がしているように、切に願います。

八丈島のフレッシュなモッツァレラ

◎ふしばな　風水

久しぶりに「つゆ艸《くさ》」に行って、プリンを食べコーヒーを飲んだら、かなり気持ちが落ちついた。カフェってすばらしい。汚い部屋から行くとオアシスのよう。

ゆみさんはお客さんが帰った後に、テーブルを消毒して、ついでという感じでそのあたり一帯の棚も拭いていた。家がきれいな人ってこういう習慣あるよな〜、と思いながらじっと見る。

年下の友人の家に遊びにいった。

とにかくインテリアがすばらしい。その人らしさに満ちているのに、じゃまなものはない。絵もライトも植物も一切余計なものがなく、かといって何もなくがらんとしているわけではなく、風通しがよく、気が良すぎてどんどん癒されていった。沖縄とか、北海道とか、行ったことないけどきっとチェコとか、カリフォルニアとか、そういうところのいい感じをみんな足したようなエスニックな美しさ。入ってない要素は北欧くらいだっただろうか。

気合いというか、生き様というか、あまりに感動して元気になってしまった。

その人がその人らしくあるだけで、まわりは癒やされる。それは無償のもので、自然とか太陽光に近いものだ。

その目のまま家に帰ってみると、ところどころのよどみがわかり、掃除したりしてますますありがたい。

そういう人たちの仕事を否定するわけではないけれど、どんな収納アドバイザーとかそうじの専門家の本を読むより、その友人の家の風の感じや光の感じ、木のカウンターの感じのほうが、心に入ってきた。しつこいようだが無料である。お風呂の窓が気持ちよく開いていて、すのこがからりと干してある。そ

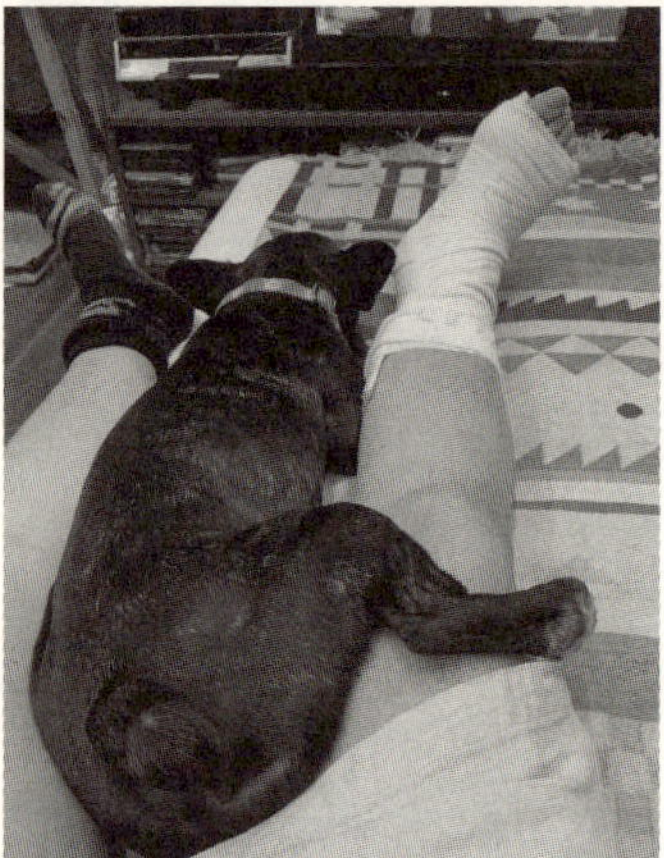

私への寄りそい。まだまだ看病

れだけでもう癒される。
風水ってほんとうに風と水の話なのだな、と思う。
よく言われることだが、お金にならないもののほうがすごい。
そのことがよくわかる。

◎よしばな某月某日

富ヶ谷で地道にすてきな服を売っている「homspun」というお店があるんだけれど、そこでたまに牛ちゃんがポップアップストアをやっている。牛ちゃんのセンスの良さはもう信じられないほどで、牛ちゃんのまわりの世界が輝いて見える。それは牛ちゃんがほんとうにものたちを愛しているから。その愛を惜しみなくみなにわけてくれてるから。

そしてまたその店のキャミソールとかパッチ（って呼んじゃだめなおしゃれなはきもの）とかの素材と使い勝手の良さは、これまでありとあらゆるそのタイプのものを着てきた、胸にケロイドがあって痛くて、素材が少しでも硬いものは着られない私でも全く問題なく着ることができ、さらには洗ってもヘタらない優れもので、こういうめぐりあいは人生を変えると言っても過言ではない。大事な仕事だ。そんな仕事ができたら。

前に異国に住む友人の家に行ったら、カマドウマ（正確には現地の言葉でなんというかわからないけれど、日本人にとってのカマドウマ）が爆発的に出る年だったみたいで家の中がカマドウマでいっぱいだった。
それを、友人夫妻が見つけるたびに、ダ○

ソンのコードレス掃除機で吸っている。中はカマドウマでいっぱい。おええ〜。

「○イソン、カマドウマに対する、唯一の解決法」

と思う。

髪の毛の傷み方が半分になるという、ダイソ○のヘアアイロンを買った。なんでも音で知らせてくれる。充電も、電池が少し減ったよ、というのも、もう設定温度まで上がったよ、というのも、なんでもかんでも。表示窓には電池の減りも次にすることもこれまたみんな表示されてる。

ほんとうに優秀だし、温度も自由自在だしすぐ上がる。「傷み方が半分」はちょっとわからなかったけれど、とにかく効率がいいしすぐストレートもカールも作れる。

「ダイ○ンヘアアイロン、言われるままに使えば間違いない」

こうして考えてみると、あのコピーたち、かなり優秀。

銀座のバーニーズのカフェのデザート。器もすてき

さすらいの非クレーマー

◎今日のひとこと

不潔が好きなわけでもないし、わざと通ぶっているわけでもなくて、なんとなく油っぽい酢とラー油とか、ペットボトルっぽいのに入った醬油とかがどかんと置いてあるようなお店が愛おしいのです。すごくおいしいわけでもなくて、毎日行けるような味で。

先日、とてもしゃれた洋食屋さんに行って、友だちの頼んだものがやってきて、私のほうが来なくて、混んでいるからかなと思ってずっと待っていても来なくて、なんとそのうち伝票が出てきて、「まだ食べてないんです

「赤坂とだ」のお弁当

が」と言ったらもちろんあやまってあわてて作ってくれたけれど友だちは私が食べてるあいだずっと待ってなくちゃいけなくて、さらに会計のときにその担当の人はあやまりにも来なかったという事件がありました。

決してクレームではなく（その証拠に匂わせさえしてない、店の場所や名前を）、これって店っていう概念に入れちゃっていいのか？　と思いました。

それなら、脂っぽい床で作りたてのオムライスがさくさくっと出てくるほうがいいのではないだろうかと心から思ったわけです。

渋谷のＴＯＨＯの裏に、な～んでもある有名な中華があって、そのなんでもが全部おいしいわけじゃあ決してないんだけれど、工事現場のお兄さんやおじさんたちに混じってそこでちょっとした麺類（がおいしい）を食べ

石を動かすとキノコが光るライト

たりしていると、もうこれでいいよな、と思うのです。

世間がどんどん変わって、誰かのランチを台無しにしても大したミスじゃないと思ってしまうようなバカ高いお店ばっかりになってしまっても、そういう気楽で期待しないけど失望もないようななんでもない店がたくさんく生きてる限りは、口笛を吹いて歩いていられるなと思うのです。

◎どくだみちゃん

洗濯機

まみちゃんの家で二層式の洗濯機を見て、いいなあ、シンプルで。

まあ二層式は自由自在だけれど家にいないと成り立たない自由だから、

せめて乾燥機なしの全自動くらいでいいな、次は。

などと夢見たものの、いざ長年使った洗濯機が壊れそうになってみると、切なくてしかたない。

15年くらい使ったんだもの。

体にしみついている、使い方が。

いちおうカスタマーセンターに電話してみる。

部品がないばかりか、もう修理も受けつけてない型なんですよ、ごめんなさい。私どもにできることはないんです。お役に立てなくてすみません。

いえいえ、丈夫だからこんなに長く使わせ

てもらって、ありがとうございました。ありがたかったです。

そんなふうにおっしゃっていただけると、私どももありがたいです。長年ご愛用くださり、ありがとうございました。

そこには勧誘もない、クレームもない。都会の片隅でそんな今どきにはなかなかありえない珍しい会話を電話で交わして。

きっと壊れてスクラップにされても、洗濯機は報われる。

ほんとうにだめになるまでまだほんのしばらく(ひとつのモードだけまだちゃんと動くから)、いっしょにいようと、洗濯機をナデナデする。

あきらめがついてお別れする日まで、悔いなく使いつくしたい。

ほんとうは自分の体を含む全ての持ちものと、そんな切ないつきあいをしたい。

そういうふうになっていきたい。

光る葉っぱ

◎ふしばな
母校のある街

高校のときの友だちに会いに、久しぶりの街に行く。

当時はあの国の学校があったから、その国の人がたくさんいて、その国の料理屋さんやテイクアウトの店がたくさんあった。

しかし今はその国ではなく、大きな国の人たちでいっぱい。大きな国の食材店もある。

まあ日本でないことには変わりないけれど（そもそもそれもどうなの？）！　雰囲気が違ってびっくりした。

良し悪しではなく。

時代が変わったのもあるけれど、とにかくのんびりした街だったのが、ちょっとせかせかした感じになっている。


私たちが高校生の頃からあった有名なお店でランチをするも、芋洗坂係長みたいな人に、顔の近くでコロナ対策を説明されドギマギする。マスクをしていても人が近いとちょっと動揺する。マスクをいつもしている習慣は、そういうこと（マスクをしてるからってうんと近くに来てもいいわけではない）を忘れさせたような気もする。

そしてセンスの良い友だち行きつけの珈琲店に行き、マスターのブレンドしたすばらしい珈琲を飲む。あまりにもオアシスすぎて幸せになる。

昔住んでいた家の近くに、「茶房遊」というすばらしい珈琲店があり、すごい日は朝昼晩と1日3回くらい行ったけれど、そのお店を生々しく思い出した。コーヒーの味が似ていたからだ。味は残っているし、すぐ蘇る。

あんなにも毎日通って壁に作られた馬のアートまではっきりと目に浮かぶのに、もうこの世にないなんて。でも思い出は消えないんだ。

よい個人経営の店は、人生そのものを創る。どんなに大切なものか、何回書いても書ききれない。

◎よしばな某月某日

近所の居酒屋に行く。そう、私はオムライスが好き。しかも高い洋食屋さんのでもなく、ふんわり卵をスプーンでパカと割るととろーんとなるやつでもなく、中華料理屋のケチャップドロドロのが。

そこにはそれがあるのだ！

常連席にはいつもディープな酔っ払いがいて、セクハラしほうだい。しかし決して荒れてはいない。

ひとりのじいさんが寝てしまい、マスターがじいさんを激写してじいさんの奥さんに送っている。

迎えに来る気はないみたいだね〜、とマスターが言う。そのままほっといてって返信があったよ！と。店中の人がちょっと笑う。

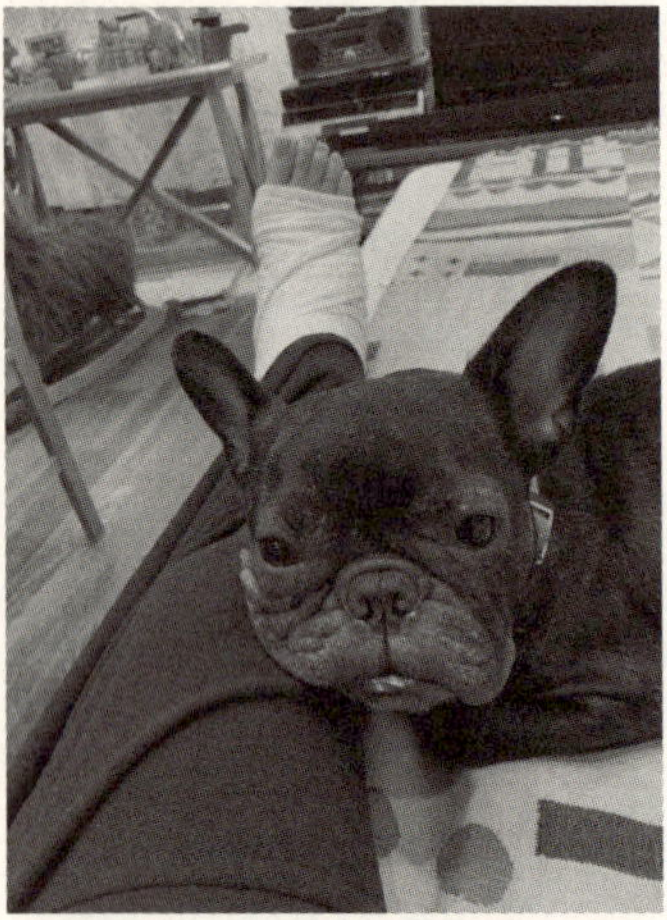
ギブスは取れたが一応まだ骨折の看病をしてる気持ち

いい〜！　もう昭和でいいわ、と思う。

昭和の世界で嫌いだったのは和式トイレと痰壺。そこだけは戻ってこないでほしい。

トイレブラシがそろそろ怪しくなってきたので、手が届かないところの汚れが取れそうな形のものをネットで買う。うちには謎のトイレブラシ置き（別名エアコンの管のふた）があるので、本体だけでいいのだ。

某ゾンのレビューを見ると、「最高、でも水切れが悪い」「かゆいところに手が届く感じでリピート、でもいつもびしゃびしゃ」などと書いてある。とりあえず買ってみると、ほんとうに細部まで洗えるし傷がつかなくていい。そして読んだときは「ちゃんと水を切ってないいんじゃない？　この人たち」な〜んて思っていたのに、どんなにがんばって水切りしても毎回びしゃびしゃ。

あのレビューって、たとえば本だと自分の作品の悪口などが書いてあるので、「そんなにみんながみんないいっていうものは書けません〜！」とムッとして信じてないうえに、考えてみたら悪く書こうという情熱って、読まないと生まれてこないからいいか、と思っていたんだけれど、今回初めて、向こう側にいる同じブラシを手に持った人たちと同じびしゃびしゃ界で出会ったような気がした。

子どもが小さいときから長年お世話になっている「まる竹」さんが閉まるというのであわててランチに行く。ここのおつまみ、お酒、お蕎麦はあらゆる意味で理想的であった。ピリ辛のこんにゃくとか大根もちとかとり天とか最高だった。

だからいつもサラリーマンたちでがやがやしていた。コロナの影響もあったのだろうけれど、ビルの建て替えという要素が大きそうだ。

みんなが「淋しくなるよ」「ほんとうにありがとう」と口々に言いながら帰っていく。鉢谷さんがいつもの完璧でシャープな接客で次々に注文をさばきながらも、電話も取りつつ、お弁当の注文まで受けて、さらにひとりひとりとしっかり挨拶を交わす。

こんな大変なことを奇跡的にできる人たちが日本にたくさんいたことは国宝だったのに、なぜ守らない。

もう一度思った。店は人生を創る。思い出に寄り添う。赤の他人たちと一瞬人生を分かち合う。

ハッチー、幸せな時間をありがとう

ストリート

◎今日のひとこと

下町の、近所の見張り合いがよくできている、袋小路の安全な治安の中で守られて育った私です。なにかあったときにすぐ守ってくれるおじさまたちが当時の下町には確実にいました。

だから私は決してたとえば成孔さんのようなほんとうのストリート感の中を生きてきてはいません。ちょっとでも怖そうな人を見ると走って逃げますし（でもほんとうに怖いのは普通の見た目の人だとは思ってます）。

ちなみになじんだ海辺も湾の中で波もなく、危険な海の生物も少なかったので、インチキ

MAYA MAXXの器

な海っ子であります（でも60近い今でも海でなら顔を出したまま2時間くらい泳げます）。

インチキな取材をしつつ、街の中ではいち主婦です。

でも、知らずにはいたくないというか、文学オタクにはどうしてもなれないというか、街を行く人の様子を見ていたいのです。それが今の、たとえ混沌とした街でも。


その中に、驚くほど新鮮に生きている人がたまにいます。目を見るだけでわかる。決して人前で大声で話さないし、経歴も普通、有名にもならない。でも、その人がいるだけで周りの世界が明るくなって、みんなその人に会うと毎日がなんとなく楽しくなるような人が確実に存在しているのです。

そして信じられないような動きをして、簡単に言うと努力や愛情や面倒見を人の何倍もさりげなくやっている。

その人に本を出させるとか、その人のことを書いて自分も稼ごうとか、そんなのではない、もっとシンプルな人類のすばらしさ。なににもつながらず、ふっと出会って、笑顔を交わしてそれぞれの現場に戻っていく。

その数が多いほど、人生は安定する。そう思います。


とあるすごい女性の人生の本を読みました。なかなか表に出ない人たちの豊かさは今日もこの世界をあちこちで彩っているな、と思います。

あるときこうして本になっても、過去を描いたものなので現在に影響が出ないわけです。

それでも多分、そういう人にお会いしたら、人あしらいや一瞬の判断の凄みがすぐわかると思います。体を張って得た技術とでもいうものが。

たとえば千葉雄大さんとか叶姉妹とか吉川ひなのさん（偏った好みでの人選）を見てもわかるのですが、見た目で生きられるくらいの見た目って、才能のひとつです。素人がどんなに磨いてもむだ。そういう人たちはそれを才能の一部として生まれてきているから、たいへんだけれど輝いている。

そこがすばらしいところだと思います。

近所のばらが柵を越えて咲き乱れていた

◎どくだみちゃん

大型犬

大型犬の寝ているところって、赤ちゃんが寝ているところと全く同じだ。

小型犬や中型犬はほんの少し違う。体が小さい分、ほんとうには無防備ではない。まわりはでっかい人間ばかりで、踏まれたりすることのないよう、ちょっと気を遣っている。

たまに全くの無防備で腹を出してぐうぐう寝

ていることもあるけれど。

大型犬は、足を投げ出して無邪気に寝る。家の中で従うべきはご主人だが、いちばん強いのは自分だとわかっているがゆえの、堂々たる眠りだ。

赤ちゃんが出しているものと全く同じものを発している。

大型犬の寿命は短い。その短い犬生の中の、とてもたいせつな一夜一夜を。

神様どうか守ってくださいと思わずにはいられない。

永遠の赤ちゃんたちを。

大きな足をぴくぴく動かして、いい夢を見ている彼らを。

その夢の中にはきっと飼い主がいて、食べものがあって、いつもの夜があるのだろうと思うと、何回でも抱きしめたくなる。顔を埋めたくなる。

頼もしくそして愛くるしいその存在を。

まだまだ続く中型犬の看病。治ったら全く寄り添ってくれなくなった。えらかった!

◎ふしばな

仕事

何回か書いたことだけれど、たまに大きな企業からお仕事をいただく。

書くことにいろいろ制限があってお断りせざるをえなくなったり、こちらがそういう意味でミスをしてボツになったり、ゲラの出方や改行がデタラメだったりしてあまり楽なお仕事ではないのだが、お受けすることが多い。

ギャランティがいいのは借金を抱えた身にはありがたいのが大きな要因だけれど、じゃあ自分が大金持ちだったらお受けしないのか？　と聞かれると、やっぱり違う気がする。

全く違う業界の、たいがいは自分よりうんと若い人が、たとえば会議で若いお嬢さんが「吉本さんにお願いしてみたいと思います」と手を挙げて、上司たちに「吉本ばなな？　まだ生きてるの？　時代遅れじゃない？」などと言われてもがんばって取ってくれた仕事かもな、というような感じを勝手に想像すると、ちょっと楽しい。

それから、全く違う日常を見ることができるので、取材にもなる。こういう仕事の人はどういう段取りで仕事を進め、どんなふうに暮らしているのか。それがわかるのが面白い。大事にしている部分も全く違う。

それぞれの正義があって、悪もある。要領のいい人と悪い人がいる。

原稿を通じてかいま見るそんな世界のおかげさまで、井の中の蛙にもならないですむ。

それぞれの仕事を粛々とやるのが人生だから、それはどんな仕事でも変わりはない。でも、文を通じて他の世界と接することはとても大切だと個人的に感じる。

たとえちょっと肌ざわりがザラッとしていたり、互いの常識が違っていても、大切な刺激だなと思う。


あたかもそれらは純粋で、企業の詩心がない人たちとの仕事のほうが汚いみたいなイメージがなぜか日本にはあるけれど、絶対違うと思う。


さすがにこの年齢までこの仕事だけでやってきて、こういう仕事は受けないですよ、というのはやはりある。

近所のお店でのイベントとか、無料のコメントとか、知り合いの娘がイラストを描いて自費出版をするから帯を書いてとか、仕切りが入っていない、友だちとのトークショーとか、そういうものだ。

これまた誤解されやすいが、お高くとまっているのではない。税務処理の煩雑さとか予期せぬポテンヒットなど、不自然な流れができ、結局はお互いに大変になるからだ。

けなげなあざみ

◎よしばな某月某日

近所の知人の家にこれまた知人が遊びに来ているということで、夜中に急にちょっとおじゃまする。大きな犬がいて、カメがいて、猫がいるすてきなおうちだった。

こんなごく普通のことができない、それが育児期間。それがほんとうに終わってしまったんだよなあ、としみじみする。人間嫌いの私だが、こういうちょっとしたおつきあいは和みなのだ。

家に家族がいなくて、夜中で。犬が寝ていて、あとは自分しかいなかったあの夜たち。

犬を置いていくとき、今以上に後ろ髪をひかれた日々は二度と戻らない。

なんでそんなに淋しくなかったのか、それは犬がいて、近所に美代おばあちゃんがいて、美代おばあちゃんの娘さんご夫婦も住んでいて、谷中にはナタデヒロココがいて、ちょっと離れていたが実家もあって親がいて、という環境だったからだ。互いに困ったらすぐ駆けつけられる。近くには仲良しの、守ってくれそうな土建屋さん一家もいた。

それ以上に安心なことはない。近所であるっていうのは、やっぱりすごいご縁なのだな。

映画の友タッキーと、「マトリックス　レザレクションズ」を観る。ネタバレを避けるためにあまり多くを書けないけれど、かなり好きな映画だった。歳とったネオとトリニテイもいい〜。

と思って観ていたら、体感が2時間すぎて、時計を見たら待ち合わせに遅刻確実。映画の終わり時間を間違えてた！　あわてて待ち合わせ相手にメッセージを送り、そろそろ終わるかなあと思ってからがまた長い。やっぱりトリニティを、いやむり、しかしトリニティを、でもそれは、って感じで行ったり来たりするけど、いい内容だった。

終わってからあわててロビーに出ると、おばあさんが「チケットの半券は席に置いてきちゃったからわかんない」と言って騒いでいる。横にはおじいさんがいて、やっぱりなにか怒ってる。なにごとぞ？　と思ったら、タッキーがトイレから出てきて、「ずっと聞こえてたので聞いちゃってたんですけど、あの人たち、どうも違う映画を観ちゃったみたいなんですよ」と言う。

つまり、持っていたチケットは隣のスクリーンでやっていたものなのに、間違って4に入ってしまい、観るはずではなかった「マトリックス　レザレクションズ」を観てしまったということだ……！　新しい！　まずなぜに途中で気づいて出ない？　ほんとうにその違う方の映画を観たかったのか？　だってそこでやっていたのは「あなたの番です」ですよ？　しかも「前売りを買ったのに！」とか言ってた。それもどうなの？

ご夫婦そろって、あまり前知識のない前売りを買ってしまい、上映場所を間違えてしまい、さらに係の人がチケットを見る段階でも見過ごしてしまい、おふたりともすぐに「おいこれ違うよ」とならなかったという4つの要素が重なって、この広い宇宙の中でなんだかわからないけどキアヌを観てしまうという、これこそがマトリックスの真髄！　と私もまた感心してしまったのであった。

骨折感炸裂!

それしかできない

◎今日のひとこと

前にも書いたことなのですが、昨年、骨折した数日後に、ものすごく低い確率なのになぜか当たった坂元裕二さん脚本の朗読劇を観に行ったのです。

千葉雄大さんと芳根京子さんが椅子に座って、「カラシニコフ不倫海峡」という脚本を読んだのですが、あまりにもおふたりがうまくさらに役に合っていて、さらに坂元さんの同世代感がしみてしみて、骨折していたからセンシティブになっていたのもあるかもしれないのですが、風景や映像が見えるような気がしました。

ロマンチックなおしべ

私はすっかりそのお話にノックアウトされ、その悲しい恋の世界が私の心の隅々に養分を与えました。私の中で不倫というものがありだとしたら、こういう恋しかない、そう思いました。千葉さんの持っているストイックで妥協しない男性性が最高にうまく出ていましたし、芳根さんの美女だけどどこかそっけない感じがするところも最高に活きていて、私まで彼女に恋しそうになってしまいました。あんなものが書けるなんて、さすがだとしか言いようがありません。

それとその数日後に観た飴屋さんの「キス」、そして合田ノブヨさんの展覧会。そしてMAYA MAXXの陶芸の展覧会。どれもすさまじいなにかを感じるものばかりでした。

骨折直後なのにすごい豊作な月でしたが、そこで私は自分が動けないぶん、しみじみと、それぞれが才能を活かして生きていくことだけがこの世の花だな、と思ったのです。よけいなことはなにも考えなくていいんだ、と。その教えを骨折で痛かったり不自由だったりしたゆえにもっと強く感じました。

それは芸術の分野には限りません。その人がその人であることだけが、人生でできることなんだと、これまでもいつも書いてきましたけれど、本気で思ったのです。

「第三新生丸」に行くと、マスターがずっとずっと手を動かして料理をしています。全く休む時間なく、刺身、揚げもの、ごはんもの、麺もの、次々にあらゆるジャンルのあらゆるものを作っちゃうのです。本来なら2人がかりでやっとできるような量のお仕事です。

この才能はちゃんと身を結んでいるなと思いました。その料理の力がすごすぎるから、奥さまの接客がどんなときでもブレないのであり、お嬢さんがお店を心を込めて手伝っているのであって。

才能を活かし合うその人たちに、感謝しかない状態になります。

自分に厳しく人に甘く。そういう生き方がしたくてしてきたけれど、安易に人に優しくするということは、その人の魂が地獄みたいなところにいく手伝いをするということです。

なにかのプロであろう（私の場合それは文章を書くことだけですが）、ただそれだけを中心に考えよう、そして他のプロに対して謙虚であろう、そう思いました。

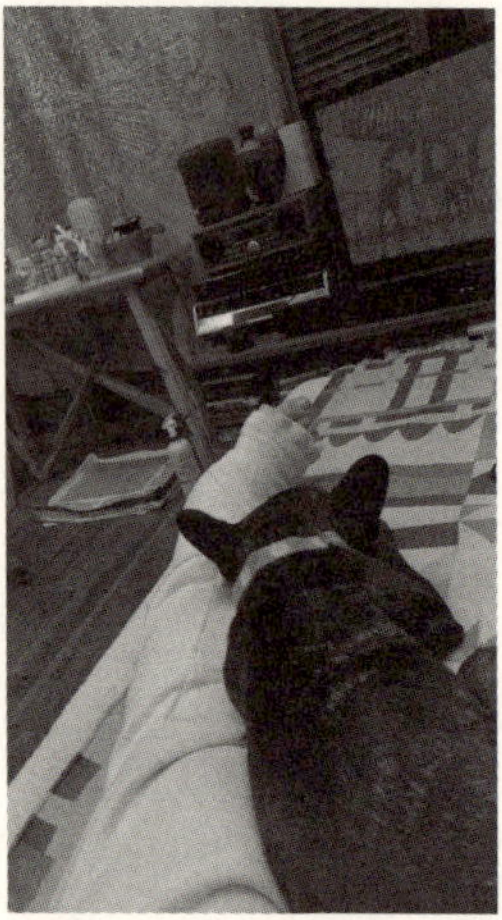

まだまだ骨折の看病

◎どくだみちゃん

青空

見積もりをするためにうかがいます、と言った修理の人は、3時間もかけてどこがどう壊れているか、どう直したらいいか、のんびりと空を見ながら考え、直すべき庭のデッキの一部を分解して、また戻して、帰っていった。

普通の業者さんに頼んだら、きっと1時間未満で終わって、夜には見積書がメールに添付されてきただろう。

それはそれでいい。時間も浮く。

でも、彼の見た青空が、そして彼が分解して見てあげた壊れたデッキは、きっと喜んでいただろう。

時間は大切だし時間はお金だ。

でもどう使うかということが、いちばんの宝なのだと思う。

そうじをしながらのんびりと待っていた私と犬と猫と息子は、彼のたてる物音をそっと耳で受け止めていた。

音楽のような音を。

プロは迅速に合理的にてきぱきと、という考え方もあるだろう。

でも、違う考えもある。

どういうプロかを互いにわかりあって、信

サウナの柱といっちゃん

頼して仕事を頼むというやり方も。

◎ふしばな　わかりすぎます

犬の散歩をしていたら、前を歩いていたお姉さんがふりかえって、「写真を撮ってもいいですか？」と言った。職業柄、私？　と一瞬思ったが、犬の方をじっと見ていたので、どうぞどうぞ、と言った。

犬は急にカメラを向けられて、う〜、となってる。でも嚙んだりしないので、写真を撮ったあとに、撫でてもらった。

「同じ種類の犬を飼ってたんです」とお姉さんは言った。待ち受けには同じ犬種の写真。

「8月に死んじゃって、今日は月命日なんです。同じ種類の子を見ると懐かしくて」

おずおずとうちの犬の額を撫でてくれたが、きっとうちの犬では代われない。撫でれば撫でるほど、自分のうちの子ではないことがわかってくるだろう。あの子にはもう会えないことがもっともっとしみてくる。そういうものだ。

私もオハナちゃんが死んでから、フレンチブルのブリンドルの子を見ると、ずっとずっと見つめていた。大丈夫そうなら少しだけでも触らせてもらった。面影を追いかけたくて、感触を蘇らせたくて。

手のうちにはちゃんと同じ感触が残って、甘く痛い帰り道になる。ネットでずっと同じ犬種を探し続ける。まだ飼う気はない。それでもずっとずっと、深夜まで明け方まで。

わかりすぎるのだ。愛ってそういう棘を残す。時間は戻らない。もう会えない。わかっていても、なにひとつ実りのないことでも、せずにはいられない。その苦しみを何回も何回も乗り越えて、やっと思い出が自分を温めてくれるようになる。

　どうしてそんな辛い時期を過ごすのか、傷跡に塩を塗り込んでも一瞬の感触を求めるのか。

　死が人生にもたらすいちばんの疑問だ。

　死は悲しいことではない、自然なことだとわかっているのに、どうしても華やかだったときの光が、そう思わせてくれない。

オレンジピールがまぶしてある八丈島のチーズ

◎**よしばな某月某日**

　年の終わりに、別府倫太郎くんから、自作の写真集と文芸誌が届く。

　文芸誌はまだ半分くらいしか読んでいないけれど、おじいさんを撮って文章を添えた「父ちゃん」という写真集はあまりにもすばらしすぎて、若木信吾さんの琢治おじいさんの写真集に勝るとも劣らないできだった。

　全ての人が全てのおじいさんを見て思うことが、甘すぎず、きりきりと胸が痛むくらいに普遍化されていた。おじいさんに鳥が寄ってくる話とか、おじいさんを蹴った話とか、気持ちがわかりすぎる。

もう会えない父や義理の父にものすごく会いたくなった。

でもこの写真集を大切に家に持って帰って、おじいさんについて思いを馳せることができる豊かな時間を持つ人が今日本にどのくらいいるのだろうか。

そう思うと、悲しい気持ちになった。

でも、この写真集がすばらしすぎることだけは、ただひとつ確かなことだ。

多くの人におじいさんを思ってほしいけれど、別府くんにはもう本を売る気持ちさえない。彼の中で何かが熟成されている時期なのだろう。

彼が今日も書いていると思うと、私はほっとする。心の底から。自分の子と変わらない歳なのにな。


聞いた話なのだが、某関東地方のとある寺は、某さん（あえての間違い）が高級な車で夜遊びに出かけたり、猫に毒餌をまいたり、話を聞くたびに某ずってなんなの？　と思うコントみたいな寺だ。

最近ではいきなり地代を3倍にしたそうだ。お年寄りなんて出ていけということなのだろう。しかも「Aさんが払えなければBさんが払え」などというわけのわからない手紙を送りつけてきたという。ほとんど闇金。まだウシジマくんのほうが職業と生き方が一致しているだけ善良な気がする。コロナだからという理由で、除夜の金を夕方6時くらいに終えていたらしいし。遠く離れた場所にいる私が言うようなことではないが、職業とは、信仰とはなんぞやと考えるときに大変参考になる話だし、普通に考えてもきっと地獄に落ちると思うのよ！

決して髪の毛がないからではなく、別府くんとそのおじいさんのほうがよっぽどお坊さんだし偉大だな。

確かに「デメテル」だ!

センス道

◎**今日のひとこと**

フランス人の知人で、センスがいいとしか言いようがない人がいます。

パリやフランスの田舎でいろんな家やホテルや店を見てきましたが、その人のインテリアや服のセンスはその中でもやはり一級と言える感じがします。

多分全身がノーブランドなのですが（成金的なものや、どこのものだとわかるような持ちものを嫌う人なので）、バッグひとつとってもピカピカで大きさも色もその日の服装にぴったりとマッチしているのです。

家の中もシックで、必要のないものは全く

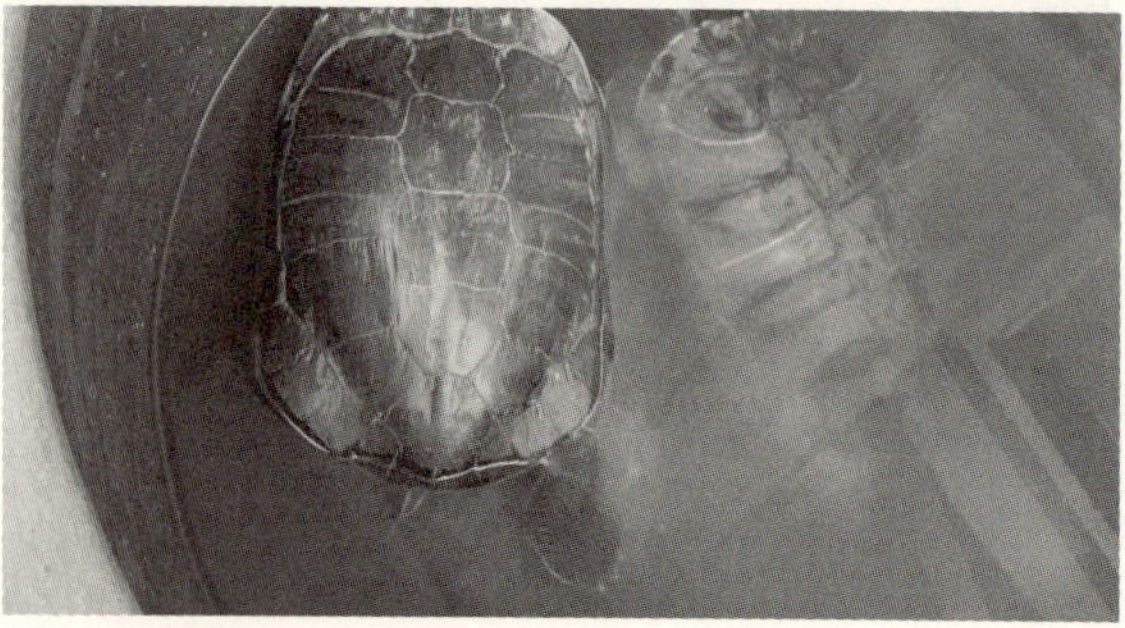

某カフェのカメたち

ないのに、生活感はある。骨董と新しいものがさりげなく混ざって置かれているのですが、どれの値段が高いとか安いとか、全く想像がつかないのです。

これは、誰にもまねできないなと思いました。

ヨーロッパの人たちは少ない例外を除いて、街に出るときにくたびれたものを着たり身につけたりしないように見えるのですが、そのくらいTPOというものが身についているように思います。

夕方1回家に帰って着替えるという風習もきっと関係あると思います。

朝は朝、昼は昼、夜は夜。1日は違う顔をしているから、服も違うしあり方も違うという、めんどうくさいけれどとても豊かな生活です。

昔その人と根津の街を歩いていて、小さな洋品店の前を通りかかりました。

おばあちゃんが着るような感じの服があるところです。手前のホルダーにたくさんの合皮のバッグがぶらさがっていました。

「これはいいんじゃない？　私は似たのを持ってるからいらないけど」一瞬にして彼女がその合皮のバッグの山から取り出したのは、黒いがまぐち型の大きめのハンドバッグで、よく見ると他のものと違ってロゴが一切ついていないのです。

なんで一瞬でそんなものをそんなところから見つけられるのかと、私はびっくりしました。あとはロゴや飾りやファンシーな文字が躍っているものばかりでした。

しかもそんなものを見出しても、安いから

買っとく、とは思わないんですよね。

彼女はスタイリストじゃないし、インテリアコーディネーターでもないし、そんなことかっこ悪いからと言って決してフランス人の生活スタイルの本を書いたりしない（書けばいいのに！）し、ただ周りの人たちを静かに感動させるだけでその才能を何にも替えたりしないんだと思います。

ちょうど私たちが今やっと、村上春樹さんの音楽の知識の豊かさに本格的に触れることができているように、長年かけてつちかった、蓄積された何かは確実に人を感動させます。

なんでもすぐ仕事にしてお金と交換してしまう現代で、その豊かさはまるで魔法のようなのです。

このSNS時代において、「大切なことは書かない、言わない、見せない」ということの線引きをやっと人類が学ぶ予兆なのだなと思いました。

年末に「デッドデッドデーモンズデデデデデストラクション」[*28]（すばらしすぎて、何も言えない。彼の最高傑作ではないでしょうか。おんたんの太ったお兄ちゃんに恋しました）、「ひとのこ」[*29]（惜しい！　いろいろ惜しい作品）、「GIGANT」[*30]（この設定でこの話にもかかわらずもはや無意味なほどのいい人がいっぱい出てきて、いい人すぎて泣けてきちゃう）をまとめて読んだのですが、どれもびっくりするほどSNSがストーリーの中心になっていました。ああ、こういう時代が終わるんだ、となぜか私は直感しました。TVで見ている芸能人や芸人さんたちの、噂は見聞きしても、家とか恋愛模様とかをほんとうには知らない、あれと同じに一般の人も全員なっていくように思います。

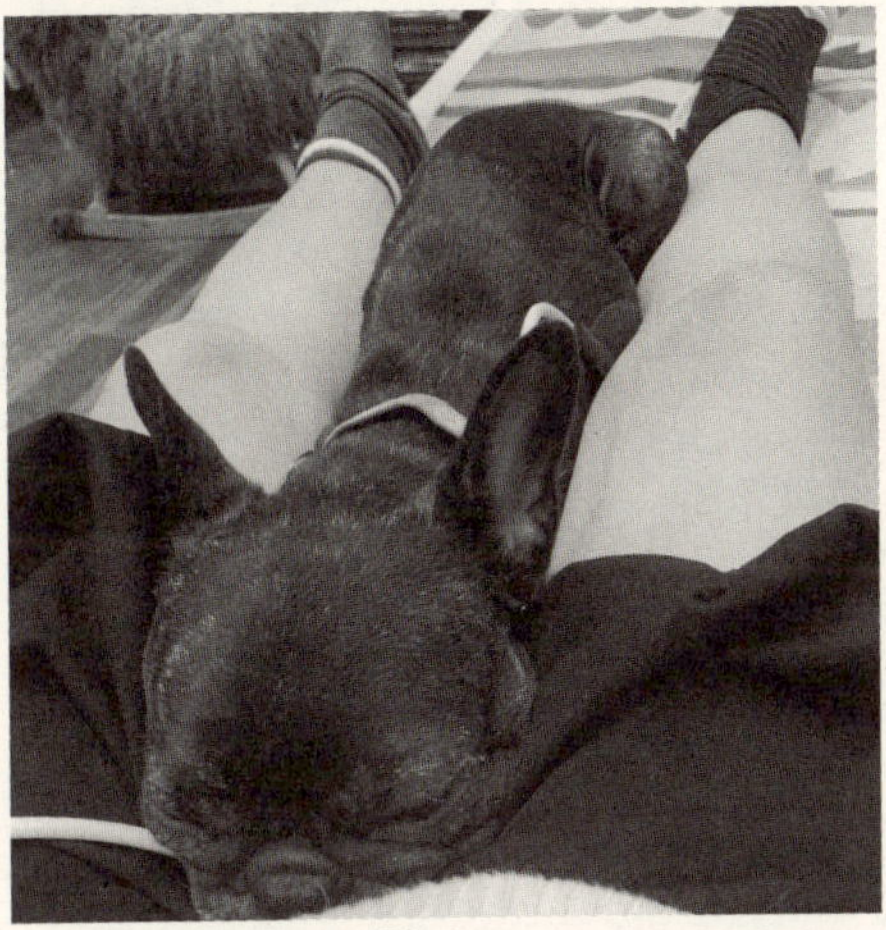

足を守りつつ股で寝るかわい子ちゃん

◎どくだみちゃん
バゲットエレジー

「VIRON」というフランスの小麦を使ったパンのおいしい店でバゲットを買うと、注意書きがついてくる。

湿気の多い日本では分単位で劣化していくから、こうするとフランス本場の味が保てるよ、というような内容だ。

ほんとうにそうなのだ。

だから日本人による日本人向けのバゲットは、初めから日本向けの味に作られていて、それはそれでおいしい。

でも、あの、歯が折れそうなのにもちろん折れないしおいしい、パリで食べるバゲットのすばらしさは決して再現できないと思う。

単にバターとハムとチーズが挟んであるだけなのに、永遠に食べ続けられそうな魔法がある。

そこには湿気は入る余地がない。全部が乾いていて、人が何回も嚙み締めないと湿り気は生まれない。

ちょうど精米したてを炊いた炊き立ての米粒が立ったつやつやのごはんを、他の国では再現できないのと同じだと思う。


ある夜、メニューにあった、バゲットにチーズを挟んだシンプルサンドイッチというものを注文してみた。それなりに名の通った、アメリカ資本のレストランで。

そうしたらよく焼きのパニーニが出てきた。

あんなに悲しいことはない。パニーニと書いてくれていたら、頼みゃしないのに。

カフェで、写真撮影はご遠慮くださいと言われる直前に撮った写真

火が通ってなくて、湿ってなくて、パリパリしていて、硬い。

それがバゲットサンドだってば。


パリの、変な色の空。

乾きすぎていて心まで乾いてきそうな空気。

その中で、隣と距離がない狭い席に座って、あるいは歩きながら、ちょっとうす暗い気持ちになって、もりもり、バリバリと食べるバゲットサンドでないと、魔法は生まれないのだ。

◎ふしばな

年齢

この年になると、老後まで着れるかどうかで服や靴やバッグを選ぶようになる。


流行とか、今年の感じというのはわりとどうでもよくなる。

冬に夏の服を買い、夏に冬の服を買う（安いから）。

そして何年も、ときには何十年も着る。

体に合わなかったり、試着のときはよかったけれど生活の中では裾を引きずってしまい、お直しするとデザインが悪くなってしまうような服は、部屋着にするか古着屋に売って素早く処分する。靴も同じだ。店で履いてみて大丈夫でも、三日間しっかり履いてなじまなかった靴は、早めにあきらめて売る。

それはユニ○ロとか、H&○とかZ○RAとかC○Sの服も同じで、その中にも長持ちするものは確実にあって、軽く10年は着ることができる。高いブランドだから素材がいいということは確実にあるけれど、安いブランドだからといって綿とかある種の化繊はよくできている場合もあるから、見極めが必要だ。

若いときはなにがなんだかわからなかったから、安いもので変身要素が高いものをがんがん買って、コム・デ・ギャルソンと合わせていた。ギャルソンのふところは深く、なんにでも合わせられるのがすごい。

そういう時代が終わったことを、切なく懐かしく思う。

どんな時期もどんな服も着ていて楽しかった。装うってすばらしいことだと思う。

足腰が悪いから高い靴が履けず、ケロイドがあってブラジャーができず、かゆいから普通のウールは着られず、どうしようもない私だが、それでも服のことは考えられる。それなりのおしゃれはできる。

骨折していて一切靴が履けず、謎の白サンダルひとつしか履けなかったときも、荷物をたくさん持って行けずに数枚の服をひとつの靴で着まわした旅のときも、私は服を楽しんだ。

だからこそわかる、私は一生、冒頭の彼女のようなセンスを持つことはできないだろう。それは神様の贈りものであり、それをちゃんと磨いてきたから彼女のように極めることができたのだ。

その分、そういう名もない人のすごいところを、書いておくことができる。

そっちでいいや、と思いながらも、今日も私はさほどでもないセンスで楽しく服や靴やバッグのことを考えている。

若い頃の散財（安物買いの銭失い！）を全

部ちゃんと糧にして、おしゃれなおばあさんになっていこうと思う。長持ちしすぎて多少のいつも同じ服感とよれよれ感は否めないけれど、それでも、まだまだ歩んでいこうと思う。

そしてこのように、話題が重なったりくりかえしたりしながらも、小さくアップデートしていこうと思う。

ただ、時代というものには、多少だけれど敏感でいたい。

私はゆるふわの服にも、ちょっとひらひらしたブラウスやワンピースにも全く興味がないので、少しもそこは取り入れていない。

でも、たとえばこの冬のこと。

数年前の自分の基本だった「セーター、丈の短いパンツ、レッグウォーマー」という組

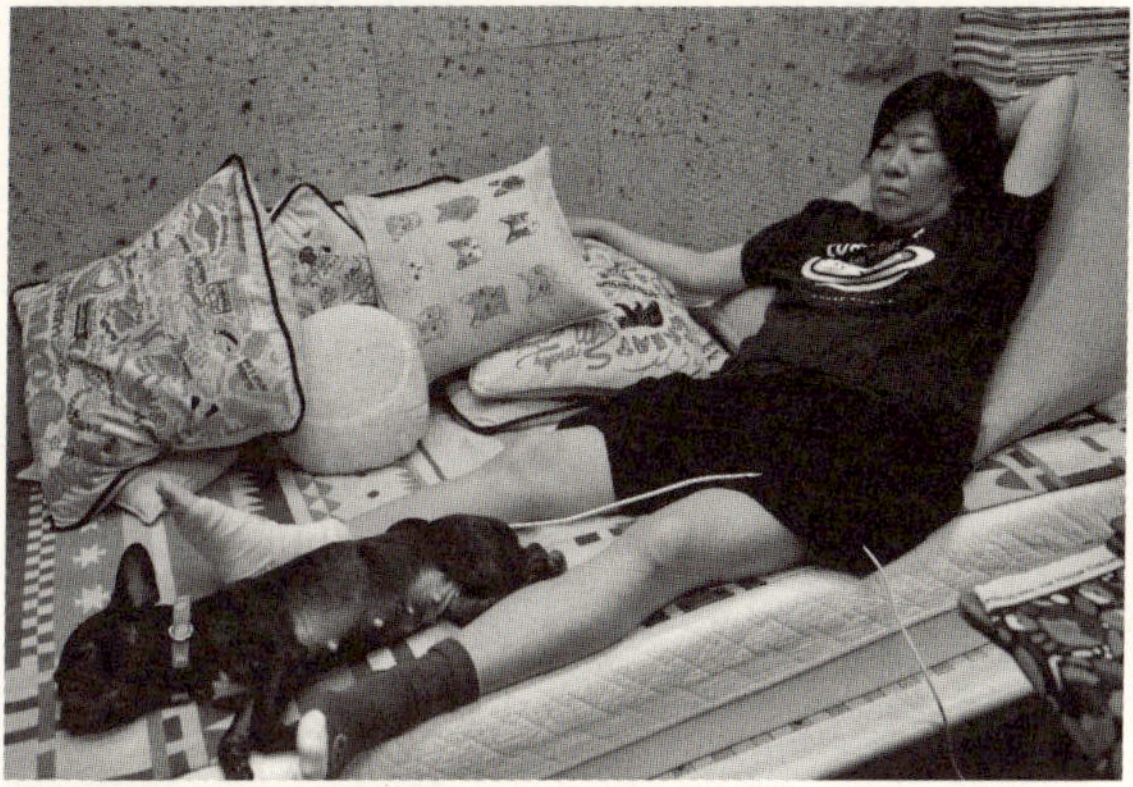

どこまでもだらしない私たち

み合わせ。これは普遍的なものなので、決して間違えてはいない。でも、着てみるとなぜか、「なんとなく古い！」と思う。じゃあ今の気分はなにかというと、やはりちょっと大きめのセーターと大工さん的なパンツに、色のきれいな何かを合わせる、という感じだ。その感覚がどこから来るのかはわからないし、縛られるつもりもない。それに理屈では説明できない感覚なので、なんとも言えない。自分とそのコーディネートの蜜月が終わった感。

この「古い！」という感覚に自分はかなり重きを置いているように思う。

◎よしばな某月某日

山口ゆきえちゃんとおこめちゃんの「オトメタチ」と、そのゲストたちの寄席を観に行く。客席はまるで「コントが始まる」みたいな感じの人数なのに、かなり面白くてゲラゲラ笑った。舞台に慣れてくるとだんだんその人たちの顔が表向きになってきて、声も出るようになってくる。あと、間の取り方がゆっくりになる。上がっている人はしゃべりもオチも早くなるから、客席がついてこれなくなってしまう。タメが大事なんだなあ、とすごく勉強になる。

そういう意味では売れている芸人さんとそうでないとされる人たちの間にあるのは、自信とか、人前に出る落ち着いた「構え」の顔をしているかどうかだけなのかも。

ゆきえちゃんの顔は間違いなくだんだん表に向かってきているから、今年はブレイクするかもしれないけど、ゆきえちゃんの静かな良さが消えないといいなあ。

それとは別に、芸人さんや芸能関係の人たちの本についてよく聞かれるけれど、又吉さんは別として、「その人がこんなことを書いた」という面白さと、作品の面白さって全然違う。

誰が書いたかわからないけれど、すごいし面白い、というのが作品にとってはいちばん大事だと思うが、たいていの場合は「この人ってこういう考えなんだ」というところに留まっている気がする。もちろんいつも笑顔を生み出す人たちの素の考えが知りたいから私も読むので、全くかまわない。否定する気はさらさらない。

でも、なんとなく二匹目のドジョウを狙って芸人さんの作品をひんぱんに載せている文芸誌などを見ていると、編集の人がこの構えだったら、小説が売れないはずだわ、と負け惜しみを言いたくなる。

「オトメタチ」と私たち

これでいいのだ

◎今日のひとこと

その人がその人であることって、何ものにも代えがたい大切なことだな、と最近よく考えるようになりました。

私はほっといても言葉が多いタイプの頭でっかち人間ですけれど、1日をなんのためにがんばっているかというと、最初のビールをぐいっと飲む瞬間のためだけにだし、1年をなんでがんばっているかというと、夏が来て最初にサンダルを履く瞬間のためだけにだし。それだけでいい。それだけのために健康でいたいという、単純な人生です。

だから去年それができなかったこと（骨折

ワタリウム

していてサンダルが履けなかったこと）が、人生最大の悔いであります。

　でも夏に追いついて、海ではちょっとむりしてビーサンを履いたので、よしとしようと思っています。できれば人生最後の夏まで、歩いていたいなあ。

　かといって、その楽しみをより楽しくするために何かをしようとは決して思わないのです。

　節制しようとか、運動しようとか。

　バランスが崩れたなら、自分の体がそれを見つけるだろうと信じているのです。それもできない状況なら、潔く去るしかない、いやだけど、と思っています。

　父は糖尿病とのその闘いに死ぬまで「負け気味の引き分け」くらいの感じでしたが、恩師の根本昌夫さんなんて、運動はしているけれど節制はしていないでなんとか勝ちそうな雰囲気だし、自分がどうなっていくのか、体と相談して楽しみながら歩んでいくという感じです。

　これこれこうしたらこうなる（たとえば、肉を食べるのをやめて田舎に住んでよく運動すればものすごく健康になる）、なんていう正解は、ありそうで実はありません。そのことに私たちはとっくに気づいていて、こうすれば大丈夫に違いない、と模索しているだけです。

　知り合いの店に行ったら、彼が料理しながらこつこつとビールを飲んでいて、心洗われる思いでした。

「お客さんが来ると、もうひとつの仕事を中断して店に出るから、自分も飲めるし、お金ももらえるし、最高。入りにくい店に作ってあるから、だいたい知り合いしか来ないし、知り合い以外でもこの店の様子を見て入ってくれる人なら、確実に自分の趣味に対して肯定的なはずだから」

と言っていましたが、そのセンスはもう、棚も壁もグラスもカップも、かけている音楽も、飛び抜けてすばらしいのです。

ビールも、店も、デザインすることも、自転車を自分のセンスで組むことも、FacebookでなくTumblrであることも、全てが彼なのだ、どこひとつ抜いてもいけない、そう思いました。

ひとつひとつその人にしかできないこと、その人であることを選んでいれば、そのことが勝手に人生の場を作ってくれる、そう確信しています。

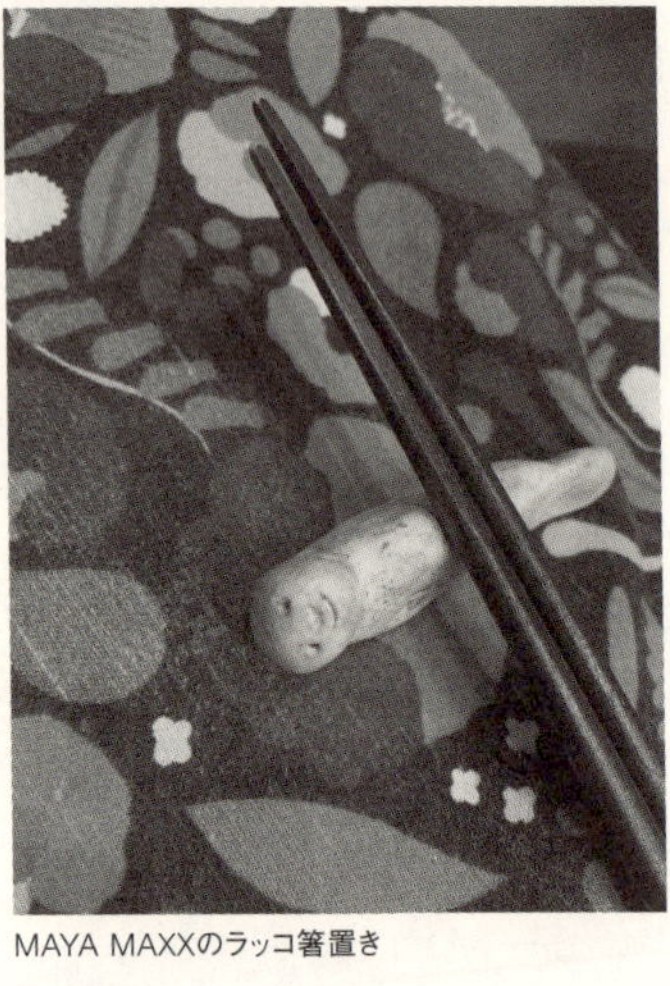

MAYA MAXXのラッコ箸置き

◎どくだみちゃん

奪う

小さいつぼみがびっしりついた枝みたいな

のが、
花束に混じって入っていた。
たいてい咲く前に枝のほうが枯れちゃうタイプのやつ。
たまたま気温が合ったのか、長持ちして、しかも花がどんどん咲きはじめた。
ピンクの、1ミリくらいの、とても小さい花たち。
あまりのかわいらしさに、小さなグラスに入れてまだ飾っている。
全長8センチくらい。
やがては全部のつぼみが開き咲き終えて、捨てる日が来るだろう。
でも今は毎日見るたびに愛でている。
今だって、たとえば見る人によっては、ごみ同然だろうと思う、ちっぽけな枝。

花泥棒は単に花を盗むわけではない。
花と人のあいだにあったそんな時間を盗むのだ。
水をやり、眺め、楽しみに待ち。
花もそれに応えて育ち。
こんなにわかりにくい、しかし永遠の愛の交流。
盗むのと奪うのはどうして良くないのかわかるな、と、しみじみ思った。
個々の小さな物語を奪うから、殺すからだ。
人は誰でも罪をおかす。
だからなるべく人の小さな物語を殺さないように生きていきたい。
それさえしなければ、なんでもいいのだとさえ思う。

お気に入りのぬいぐるみ。よく振り回していじめている

◎ふしばな

縁というもの

石垣島の、知人のご夫婦がやっていた大好きな「マヒナメレ」というお店が、おふたりの引っ越しで畳んだことを知る。

ちょうど今年、石垣島に住んでいた大学の同級生親子が、介護のために関東に帰ってきていた。

石垣島に昔住んでいて、よく行こうと誘ってくれたモテ上さんは、心臓の発作で4年前に死んでしまった。

辺銀食堂は、予約すれば開けてくれるだろうけれど、他のお客さんでワイワイしていて夜いつも開いていたり、ランチメニューがあるのとはやはり違う。

知人が宿をやっているが、どちらかというとロマンチックなプチホテルでなかなか行けない。

すごい、なんと、勝手に場所と縁が切れてしまったのだ！　こんなことってあるんだ、とびっくりした。

つい2年前には、また頻繁に来るし！　っ

愛らしいあじさいたち

ていう気分で港からビーサンでハンバーグを食べに行き、「マヒナメレ」に行って爆買いしたのに、もう全てが変わってしまったのだ。始まりがあれば、終わりもある。そんなことは知っていたけれど、こんなふうに目に見える形で切れるなんて初めてだ。

素直に従うし、用事がないからそもそも行かないけれど、こんなにしっかりした形でないとしても、人生の中のこういう転機を常にしっかりと捉えていたい。

そうなったからには悲しまず、ただ受け入れて、暮らしていく。それがいい。

◎よしばな某月某日

永野雅子さんの写真展に行って、まあ、自分を撮った写真も展示されていたけれどそこは恥ずかしいから置いといて、なによりも飴屋法水さんの写真に胸打たれた。かっこいいなんてものじゃない、これはもうほとんど恋だというくらいだ（実際の飴屋さんに会ってハグとかしてても、最愛の犬をハグするのと同じ気持ちなので、安心してください、コロちゃん！）。

じゃあプラトニックな恋とはなにか、それは、憧れてやまないということだ。人類がこんな姿になる域までこの若さで達するなんてすごすぎる、と思った。何か偉大なものを見ている感じがして、手が震えた。

もし私がこの写真を、生まれる時代が違って100年後に見たとしたら、そのときの私はきっと、飴屋さんの全ての作品を追いかけるだろう。今もほぼ追いかけてるけど。

こんなことがありうるなら、なんだってありうる。ものすごい勇気が湧いてきた。

このところの憂さなど全て晴れた。

もういろんなことがどうでもいいや、楽しく、追いかけて、暮らすことでいっぱいだ、そう思えたのだった。

その後、その希望に似た気持ちを抱いたままで、ウェスティンのラウンジで人待ちをしながらビールとポテトを楽しみ、「ちょろり」に言って爆食いする。どんな台湾料理店よりなぜか台湾を感じるあの店よ。

帰ってから、ポテト↓餃子↓腸詰め↓チャーハン↓ラーメン↓申し訳程度のもやしと書き出してみて、ううむ、すごいな、と思い、松葉茶など飲んで罪悪感を消してみたり。

自分も太ってるし、太い人もその人らしければ大好き。でも、「ハウス・オブ・グッチ」を見て、太さと性格の悪さと情緒のなさがセットになるとなかなか厳しいなあとしみじみした。ガガさんは好きですけど！　最初から最後までなぜ彼が彼女に惹きつけられたかの意味が全くわからないところもすごいが。

ダイエットしたいときに観たら最高に効くと思う。

いちばんよく描けていたのがイタリアの貧困層の様子っていうのも、全くわけがわからない！

グッチの展覧会にて

未来の幸福感

◎今日のひとこと

　メタトロンを受けて、自分の体にあまり肉が合ってないこととか、やはり膵臓が弱点だとか、こういうものを食べると炎症が多くなるからよそうね、とかいろんなことを知って参考にしつつ、さらにボディートークというものを受けて、自分の心身の成り立ちの根底を少しずつひもときながら、ナッツだのグルテンだの、合わないものをこれまた多少減らしつつ、まあ年末だったりお正月だったりして、わりと思う存分飲み食いして、後から調整しようっと、と思ってストレスフリーに毎日やっていたら、なんと体重は２キロしか増

芍薬

えず、それも3週間ほどで元に戻ったのです。
意識して合わない食材を減らしたのがよかったのか、ボディートークでボディーの声をしっかり聞いたのがよかったのか。

ということは、ふだんがまんしたり、忙しすぎて食べないで過ごしたりしていることには、ある意味ほとんど意味がないということではないですか。まあ、暴飲暴食を長く続けたらそりゃあ内臓もへたばるでしょうが、お正月期間や旅行先くらいなら、調整は数週間でできるんだな、としみじみ思いました。つまりこれまでそこそこ取り組んでいたダイエットは全く意味がなかったわけで、むしろマイナス。

そこそこ規則正しく、ストレスなく、極端に食べないというのはやめて、でもお腹が減ってないときに食べるのはやめて、いろいろな種類のおいしいものを少しずつ食べて、寝る前は食べないという、それだけのことがいちばんいいみたいでした。

TVでなかやまきんに君の話を聞いていたら、胸肉とゆで野菜とゆで卵だけであの筋肉を作っていて、外食などほとんどしない徹底的な食生活をしているということでした。それはムリ、絶対ムリ。それよりは叶姉妹の和久傳のおせちの話を聞いている方がうんと幸せなので、ダイエットが成功する気はしないのですが、ストレスを減らして生きる、これがとにかくなによりのことなんだと悟りました。

ストレスなしというのは人類であるかぎりありえないとはいえ、それに近い状態には近づいていけるといいものだなあ、と思いました。

それで、けっこう効果的なのが、起きたことに反射的な反応をしないということ。いったん落ち着いて、咀嚼して、数日かけて消化していく。

つまり、食べものと全く同じなんですよね。

そのへんに、鍵がありそうです。

あじさいの季節

◎どくだみちゃん

ラビリンス

その子はすっかり精神的に弱っていたけれど、痩せてしまってもいたけれど、

小さな手に赤いマニキュアを塗っていて。

それは、ネイルサロンとかやってもらったジェルネイルではなく、自分で塗った普通の感じ。少しだけ先がはげていて。

かわいく巻いたピンクのマフラーに、その爪が映えるたびに、こんなにかわいく生きているのだから、もっと楽しくなっていい、苦しまないでいいと、心から思った。

爪が語っていた。

このところ、すごく調子が悪くて、でもこんな時代だからそれはまああたりまえで、でもせめて爪を塗って、おしゃれして出かけることで、なんとか楽しいことを見つけようとしているラビリンスの中にいて。

そこから抜け出せるように、遠いところで光っている唯一の光は、この赤い色なんですよって。

暗闇の中で導いてくれる激しい人生の情熱の炎の色なんですよって。

こんなタイプも

◎ふしばな

スパイダーマン

ネタバレを避けるように書くのがたいへんに困難だけれど、心がけて書いてみる。

「スパイダーマン：ノー・ウェイ・ホーム」はほんとうによくできていた。このシリーズが最初に始まったときは、こりゃまずいなと思った。世界観が微妙にブレているし、目標が見えなかったからだ。それからマーベル世界があまりにも強く混入しすぎていて、これからの営業方針さえ感じられてしまった。

さらに私は椅子がガタガタ揺れたり風が吹いてきたりなんとなく汚い水がブシャっと出てくる仕様の映画館バージョンで観てしまったので、落ち着かなくて話がわからなくなるほどだった。

でも、2くらいから監督が何をしたいのか突然わかってきたし、それは成功していた。

そして、考え方が新しかった。次の世代のスタンダードになるものがみんなつまっていた。家族との関係、仲間との関係。サム・ライミの頃とは違う。社会との軋轢に悩んだり、保護者との価値観の違いで苦しんだりすることもなく、今回の彼らはやすやすと越えていく。しかしサム・ライミって低予算で「死霊のはらわた」を撮っていたのに、よくハリウッドの巨匠になったなあ！

悲痛なもの、悲壮なものはこの世からだんだん消えていってほしい、そう思うから、これからの世代の価値観がこれだということに心が明るくなった。大きなドラマやものすごい奇跡は生まれにくくなるかもしれない。でも、そんなダイナミックで悲劇的なことより、毎日が小さな奇跡に満たされてなるべく平穏なほうがいい、そういう人が増えていけば、今はかなりヤバい状態になっている地球が存続する可能性も少しだけ高まるかもしれない。

残った玉のかわいらしさよ

「スパイダーマン」という物語の全ての肝は、「若いのに、なっちゃった」ということで、それが今回のシリーズほどよく出ていたものはなかったのではないだろうか。そして、若いのになっちゃったということが、こんなにも哀しく、しかしやはり若さゆえに救われる内容で終わってよかった。

◎よしばな某月某日

いつかこんな日が来るのではないかと思っていたが、ついに、話がはずんだタクシーの運転手さん（おじさま）に、おりぎわに、「ありがとう、今日は楽しかったよ」と言われてしまった。デートか！

私は台湾のジーパイ（鶏肉を開いて叩いて揚げたもの）が好きなのだが、胸肉でしかもからりとしてないと全然好きではない。

某デパートの地下に専門店があったので、喜んで買ったら、見た目がどう考えてももも肉。そして肉につける下味が濃すぎてあるいは漬けすぎて、しょっぱいし肉が中まで黒い。

さらに衣がぐじゃぐじゃで、食べているはじから崩れる上に、揚げ方がよくないので油が重くて具合が悪くなった。これは、正直言ってどう考えてもすぐ潰れるだろう。

　これを台湾の名物だと思われたらほんとうにかなわない。揚げているのがバイトの日本人だったからなのか、単に失敗作だったのか。おいしくないものを売っているって、それはそれは悲しくて疲れることだと思う。おいしくないものをおいしくないとわからないことって、気の毒だと思う。

　私がグルメだからとか、安いものを食べてないとかじゃない。だって下北沢の名店[*31]のそれは、400円くらいで超おいしいもの。

　「クライ・マッチョ」を観る。お客さんも男女共にすてきな高齢の人が多くて泣ける。これもネタバレを避けて書く。

　作中の主人公＝イーストウッドはどう考えても80前くらいの設定な気がする。でも実際はいかに若く見えてもやっぱり90くらいに見える。それだけでもう無理がある。でも、もうなんでも許しちゃう。最高に好みのタイプの女も、人種も年齢も違うけど気の合うバディも、すばらしい動物たちも、老いても現役でも、老いたからこそ熟成されたなにもかもも、もうなんでもかんでも許しちゃう。イーストウッドと馬、それだけでとりあえずもうなんでもいいし。すばらしい映画の数々をありがとう、夢をありがとう、人類の幸せの種類のいちばんいい奴を描いてくれてありがとう。

　この映画の中にある考えは、スパイダーマンの最新シリーズとは違う、明らかに前の時代の価値観だけれど、確かにあったものだ。いつでも暴力にさらされている、その中で人が人らしく生きなくてはならない道を模索した年代（つまり私くらいまでの年代）の幸福感だ。それをちゃんと描いてくれてありがとう。

そのくらい感謝を感じながら、全てのじいさんに祝福を、と思ってタクシーに乗ったら、運転手さんがじいさんでしかもイヤミなじいさんだった。井ノ頭通りを行ってくれって言ってんのに、「そんな行き方、どうにも理解できないけどねえ」とか聞こえるように独り言を言ってくる。「はいはい、曲がればいいんでしょう、はい、左曲がりま〜す」とか。やっぱり全てのじいさんがいいわけじゃないよな、としみじみ思う。

バナナ犬と遊ぶ犬

生きかた

◎今日のひとこと

だんだん生き方が定まってくると、これはしたくないとか、ここに行くとこうなるなとか、どんどんわかってきます。それはたいてい予想通りに展開します。

だから、こうなるんだろうな、なんだか違うな、と思うことには近づかないのは正しいのです。

それでは人生に変化や刺激がなくなってしまうのでは？　と思ったら大間違いで、未知のものはその決まった動きや生き方の中からこそ、現れいでて来るのです。

新鮮さを伴って、いやおうなしに、微調整

21さい!

のチャンスはやってきます。それには粛々と対処して、死ぬまでその生き方の道を歩き続ける。出会い別れ、すれ違う人たちには登山中のようににこやかにあいさつをして。

たとえここで止めておきたいと願っても止まらないのが、人生というもの。

ラフォーレの駐車場のつばめちゃん

過去は匂い、未来は光。その程度でいいのです。

◎どくだみちゃん
そういうものに

いつも似たような服を着て、

夏はワンピース、冬はカシミアの古ぼけたセットアップ。

髪の毛は微妙にぼさぼさで。

出不精で人が嫌いで。人ごみはもっと嫌い。

動物が好きでお酒とおつまみが好き。

数少ない好きな人たちに、手間を惜しまずつくす。

自分の理屈に合わないものは断固拒否。でもモラルはゆるゆる。

ごきげんなときには歌い、いやなときは寝

てしまう。

結果、長生きだったねとなれば、いちばん良い。

甘い香りを放っていた

◎ふしばな
思い込み

ソファーでだらだらしながら、ｉＰａｄで小説を書いていると、それが自分にとって仕事をした時間にカウントされない、そのことに驚く。

まだ自分の中に、きちんと机に向かってＰＣでタイピングをした時間だけが仕事なのだという思い込みが残っている。

たまに、音声入力などしてみると、ますますそれは仕事ではない、というふうに自分の中に勝手に枠をいつのまにか作っている。

結果のクオリティーが下がらず、読んだ人にもっとも自分が伝えたい形に近い形で伝わるのであれば、そして音声や映像ではなく文字の専門家として、文字で伝えることができているのなら、全く問題がないはず。

それなのにそのように思ってしまうということは、自分の創作の可能性を狭めているということに他ならない。

思い込みが多ければ多いほど、自由の幅が狭まる。

すべての考え、あるいはすべての書き方を自分で認めることができたなら、時間は節約でき、伝えるべき事はより伝わるようになる。

制限をかけているのはその人間自身なのだな、と思わずにはいられない。

それでも、このいろいろな表現方法がある時代の中で、自分が文字というものにこだわっていることを止める事は多分ないだろう。

それは自分がこれまでに読んできた文字にたくさん救われてきたからだろう。目で文字を読むというインプット方法が好きなのだろ

お気に入りの場所

しかしあるときから、出版社の人たちは噂話などをするとき、あるいは自分の考えを述べる時、ものすごく制限をかけるようになった。多分Ｔｗｉｔｔｅｒとか、その他ＳＮＳの問題が大きいのだろう。

でもせっかく戦場みたいな場所で生死を共にしかねないような深い仕事をしているのに、一線を越えない会話を交わすなんて面白くもなんともない。

全員が絶妙にブレーキをかけながら面白くない話題を真剣に模索している様子は何かの冗談のようで、それはそれである意味とても面白いんだけれど、かなりもやもやする。

まるで自分が、いつも深く考えすぎていて、表面的な社交的な穏やかな時間を過ごすことができない乱暴者のような、そんな感じになるのだ。


う。

◎よしばな某月某日

いつの頃からか、割と偉い部署の人がいる、出版社の人たちとの会食が「これは本当にもうつまらないな、心が触れ合うこともないし、時間のむだなのでは」という状況になってきた。

それと出版不況は深いつながりがあるような気がする。

まあ簡単に言ってしまうとバブルの頃、出版社の人たちはむちゃくちゃだった。経歴も千差万別だし、予算の使い方もでたらめで、今だったら完全にＮＧな言葉たちが飛び交い、それの良し悪しはともかく面白い面白くないで言ったらそうとう面白かった。

その点、これは実名を挙げてもいいと思うのだが、幻冬舎の石原さんのあり方なんてもはや名人芸である。言ってはいけないことを絶妙に避けながら、面白い部分だけはどんなに秘密な事でもズバリズバリと言ってしまい、なおかつ人に憎まれず、さらに怒りのツボが一時期はつきあっていたことさえある私でさえも、全くわからない。

これには怒るのにこれには怒らないんだ！　というようなことがいまだに打ち合わせのたびにある。

だからこそ、きっとこれは出版社内の秘密で外部の者には話してはいけないんだろうな、話題にして悪かったな、などという気持ちになることが全くなく、かといってこの人は言うべきでない事は絶対言ってないんだろうな、ということだけは伝わってくるから信頼できる。

これからの時代にこの名人芸が必要なのかどうかは全くわからないのだが、これからは仲間うちのみで最高に面白い事が語りあわれ、それが永遠に表に出ないという、そんな時代がやってくるような気がする。

そしてその面白さはその仲間のしている仕事のクオリティーに直結するに違いない。

だから、面白い話ができる仲間を持つことが全て、になるのではないか。

表向きはとても礼儀正しく表面的で建前に満ち満ちた生き方をしていても、いざ仲間内になるとダイナミックな心の動きがある、そんな時代がすぐそこに来ている。

タクシーに乗ったら、運転手さんが今からお仕事ですか？　と言った。めんどくさいので、はいそうです、と答えた。ファッション関係の方ですか？　と聞かれたので、少しぼかさなくてはと思い、これから打ち合わせです、大勢の打ち合わせはリモートなんですけれども、少人数なので絵を見ながらどの絵を使用するか決めたり、その色校正を見たりする、デザインというか編集というか印刷所寄りの仕事ですね、などとてきとうなことを言っておいた。わかりゃしないだろう、と思っていた。

するとと運転手さんはものすごい勢いで、僕は印刷の仕事をしていたんですよ！　と食いついてきた。しまった！　細かい話になりませんように、と願っていたが、だんだん色見本とかサンプルとか具体的な話になってきた。やっぱり嘘はつくものではないな、と思いながら、色見本と束見本を言い間違えたり、つい大日本印刷という言葉を出してしまったり、ちゃんと色が出たと思っても絵を描いた方の人からは不満があったりしますよね、なんてなんとなく調子を合わせて乗り切ったけれども、運転手さんの言うには某ストッキング会社の仕事を受けて、中の紙にバリがないかどうかを一晩中チェックしたりしていたそうで、なんて大変な話だろうと考えこみながら、原マスミさんの展覧会にたどり着いたのだった。実はただ絵を見て感動するだけの私。申し訳ありません！

原マスミさんの絵

注釈

＊1　兄貴（Ｐ13）バリに住む大富豪の丸尾孝俊さん。仕事や人生について語るオンラインサロンが人気。著者とは共著『にぎやかだけど、たったひとりで　人生が変わる、大富豪の33の教え』（２０１８年　幻冬舎刊）を刊行

＊2　吉川ひなのさんの本（Ｐ31）『わたしが幸せになるまで　豊かな人生の見つけ方』２０２１年　幻冬舎刊

＊3　東京蛍堂（Ｐ54）https://www.tokyohotarudo.com

＊4　洗濯ブラザーズの本（Ｐ84）『日本一の洗濯屋が教える　間違いだらけの洗濯術』２０１９年　アスコム刊

＊5　竹花いち子さん（Ｐ86）https://takehanaichiko.com

＊6　マチネの終わりに（Ｐ87）平野啓一郎さん原作のベストセラー小説を福山雅治さん、石田ゆり子さん主演で映画化

＊7　たくさんの猫と犬と暮らしている（Ｐ87）『ハニオ日記Ⅰ　２０１６-２０１７』２０２１年　扶桑社刊

＊8　暮らしのおへそ（Ｐ91）生き方、暮らし方を紹介する暮らし本。主婦と生活社刊

＊9　マックス・コッパ（Ｐ１０２）見えない世界からのメッセージを届ける手相カウンセラー　http://ibok.jp/category/max-coppa/

＊10　彼のnote（Ｐ１０３）https://note.com/seinrintan/n/n6f9203b3d4db

＊11　ヤマギ○会を抜けたファンタジー作家の手記（P104）『根無し草：ヤマギシズム物語1 学園編』2020年　パブフル刊

＊12　三宅洋平さんの商店から（P114）https://miyakeshoten.base.shop

＊13　大同電鍋（P119）台湾製の万能調理家電

＊14　キューライス記（P126）https://qrais.blog.jp/

＊15　サイコマジック（P127）アートとセラピーを融合させた、新しい癒しの提言書

＊16　浅野いにおさんのデが多いまんがみたいに（P138）『デッドデッドデーモンズデデデデデストラクション』2012年～2022年　小学館刊

＊17　ロケッティーダ（P154）アート&食のお店　https://rocketiida.base.shop

＊18　LINEブログ（P159）「よしばならまいもん」（現在ページ閉鎖中）

＊19　トラネコボンボンさん（P162）『トラネコボンボンの空想居酒屋　ぶらりと飲みに行った気分で、お酒が美味しい！　ワクワクおつまみ。』2017年　グラフィック社刊

＊20　女が一人で家を建てる本（P165）『女ひとり、家を建てる』2020年　河出書房新社刊

＊21　デッドエンドの思い出（P204）かけがえのない祝福の瞬間を描いた傑作短編集。2006年　文春文庫

＊22　吹上奇譚（P204）第一話から第四話まで。幻冬舎文庫

＊23　ミトンとふびん（P204）人生の喜びに包まれる極上の短編集。谷崎潤一郎賞受賞。2024年　幻冬舎文庫

＊24　プリミさん（P２０６）『地球の新しい愛し方―あるだけでLOVEを感じられる本』２０１９年　青林堂刊
＊25　福満しげゆき先生（P２０８）『妻と僕の小規模な育児』講談社より刊行中
＊26　ザ・ファブル（P２２４）南勝久さんによる敏腕の殺し屋が主人公の人気漫画。２０１５〜２０２２年　講談社刊
＊27　二軒目どうする？（P２２７）テレビ東京で土曜の深夜24時55分から放送されている居酒屋ぶらりバラエティー
＊28　デッドデッドデーモンズデデデデデストラクション（P２６２）浅野いにおさんによる漫画
＊29　ひとのこ（P２６２）新井英樹さんによる漫画。２０２１年　リイド社刊
＊30　GIGANT（P２６２）奥浩哉さんによる漫画。２０１８〜２０２１年　小学館刊
＊31　名店（P２８４）台湾綺鶏　https://www.taiwankt.com

吉本ばなな「どくだみちゃん と ふしばな」購読方法

①noteの会員登録を行う（https://note.com/signup）

②登録したメールアドレス宛に送付される、確認URLをクリックする

③吉本ばななのnoteを開く

こちらの画像をスマートフォンのQRコードリーダーで読み取るか
「どくだみちゃんとふしばな　note」で検索してご覧ください

④メニューの「マガジン」から、「どくだみちゃん と ふしばな」をクリック

⑤「購読する」ボタンを押す

⑥お支払い方法を選択して、購読を開始する

⑦手続き完了となり、記事の閲覧が可能になります

本書は「ｎｏｔｅ」２０２１年10月７日から２０２２年５月26日までの連載をまとめた文庫オリジナルです。